ぼくとベルさん

友だちは発明王

ME & MR. BELL

フィリップ・ロイ：著　櫛田理絵：訳

PHP

この物語を書くことを、強くすすめてくれた
ジェイコブ・ギボンズ・クックに

ぼくとベルさん
もくじ

1　おつかい大成功!?

一九〇八年の春。ぼくは十歳《さい》になったばかりだった。世界じゅうでその名を知られる発明家、アレクサンダー・グラハム・ベルが蒸気船《じょうきせん》に乗って、ここバデック（カナダ・ノバスコシア州）にもどって来ることになった。「ベルさんは、この世でいちばんかしこい人なんだぞ」そう言う父さんに頼《たの》まれて、ぼくは、丘《おか》を下ったところにあるマクレアリーさんの農場まで手紙を届《とど》けることになった。マクレアリーさんから返事をもらい、それを持ち帰るのだ。「大事な用事だからな」父さんが念を押《お》す。ぼくにちゃんとできるだろうか？

言われたことをよく考えてみる。とにかくその手紙を持って丘《おか》をかけ下り、原っぱを横切ってからまた一つ丘《おか》を下ればマクレアリーさんの農場に着く。ここからだいたい八百メートルほどだ。それからまた走って家にもどる。そんなに難《むずか》しくはなさそうだ。そこでぼくは、「わかりました」と答えた。すると父さんは、いすに座《すわ》って、すごくていねいに手紙を書き、それを折りたたんでぼくに手渡《てわた》した。それからぼくの手を取ると、目を見て言った。

「できそうか、エディ？」

その手にこめられた力から、このおつかいがとても大事なものだということがわかる。手紙を届《とど》けるよう父さんから頼《たの》まれたのは、これがはじめてだ。ぼくは大きくうなずいた。

「だいじょうぶか？」

父さんがもう一度たしかめる。

「はい、父さん」

「よし、じゃあ、行って来い」

ぼくは、おもてに出ると、まっすぐ丘《おか》をかけ下りて行った。

マクレアリーさんの家は、ぼくの家と湖のあいだにある。遠くからだとマッチ箱みたいに見える家で、近づくと、横に広い家は、まるで開けっぱなしのタンスの引き出しのようだ。数年前にマクレアリーのおじさんが自分で建てたものだ。ただ、建てたのが丘《おか》のてっぺんではなく中腹《ちゅうふく》だったから、雨が降《ふ》ると丘《おか》の上から流れてくる水で、家のまわりは水びたしになった。そこでおじさんは、家の裏手《うらて》に溝《みぞ》を掘《ほ》って水はけをよくしようとした。ところがその溝《みぞ》を、牛が飼《か》われている牧草地の方に引いてしまったから大変だ。流れこむ水の量が増《ふ》えて牧草地はぐちゃぐちゃ。牛たちはみなすべって転ぶ。そのうち脚《あし》の骨《ほね》を折ってしまった一頭を、おじさんはしぶしぶ処分《しょぶん》した。そんなことがあってから、おじさんは仕方なく牧草地の中に柵《さく》を作り、牛たちを一カ所に囲っておくようになった。牧草地に出ているときのおじさんは、いつも牛たちに向かってぶつぶつ文句《もんく》を言ったり、丘《おか》や雨、それに空をののしっていた。

玄関先《げんかんさき》を歩いて行くと、ブーツの足音が太鼓《たいこ》みたいにドンドン響《ひび》いた。出むかえたのはマクレアリーのおばさんだった。

「あら、エディじゃない。こんにちは。一人でやって来るなんて、いったいどうしたの？　お砂糖《さとう》を借りて来るよう、お母さまに言われたの？」

おばさんは、人はいいんだけど、あまり人に気をつかわない。

「いいえ、父のおつかいで来ました。これを、だんなさんにお渡《わた》しするようにって」

ぼくは手紙を見せた。

「ジョン！　ドナルド・マクドナルドからあなたに手紙ですって」

おじさんがキッチンに入って来た。体が大きくて、いつも赤い顔をしている。おじさんとしゃべったことはこれまで一度もない。

「わしに手紙だと？」

「ドナルド・マクドナルドからよ」

なんとなく意味ありげな言い方だったけど、どんな意味があるかはわからなかった。おじさんがぼくを見下ろす。牛の目を思わせるような、大きくはれぼったい、おどおどした目だ。

「それで？　その手紙とやらはどこなんだ？」

ぼくが手紙を持った手を上にのばすと、おじさんはぼくの指ごと手紙をつかんだ。それから中を開くと、顔を思いっきりしかめて目を細めた。

「なんて書いてあるんだ？」

ぼくは、ごくりと息をのんだ。手紙の内容《ないよう》までは聞かされていない。ただ、ベルさんに関係があることなのは知っていた。おばさんがおじさんの肩越《かたご》しに手紙をのぞきこむ。

「ああ、ベルさんのことだわ。いつ来るのかと聞いているのよ」

「いつなんですか？」

ようやく手紙の中身がわかったので、ぼくはあいづちを打った。

するとおじさんは、まるで手紙を書いたのがぼくであるかのように、こっちを見て言った。

「今日の夜だ！」

「ジョン、今晩《こんばん》だってことはもうご存《ぞん》じなの。何時なのかを知りたいのよ」

おばさんが言った。

おじさんの顔が、さらにけわしくなった。

「八時だ！　八時に到着《とうちゃく》すると伝えるんだ」

「紙に書いてあげた方がいいわ、ジョン。じゃないとこの子、まちがって覚えてしまうかも」

おじさんの息が止まり、顔がちょっと青ざめた。

「覚えるもなにもないだろう？　八時に着く、それだけだ！」

「いいから、書いてあげて」

「ああ、もう！」

おじさんは上着をごそごそ探《さぐ》ると、短いえんぴつを一本取り出し、ぼくに手渡《てわた》した。

「ほれ、こう書くんだ。八時に来ます、とな！」

ぼくはおじさんをじっと見上げた。それ、ぼくが書くってこと？

「ほら、書くんだ！　八時に来ます、だ！」

おじさんは怒《おこ》ったみたいに言った。

それからサスペンダーをぐいっと引っぱり上げると、ぼくに背《せ》を向けた。おばさんはキッチンで忙《いそが》しそうにしている。一人そこにつっ立っているのは、居心地《いごこち》が悪かった。

「エディ、お母さまにお砂糖《さとう》を借りて来るよう言われたの？」

ぼくはおばさんの方をふり返った。おばさんは下を向いたままパンの生地《きじ》をこねている。その質問《しつもん》ならさっきもされたし、ちゃんと答えたのに。もう一度説明した方がいいのかな。

「いえ、おばさん。父が――」

「ああ、そうだったわね。それで書けたの？」

「いえ、まだです」

ぼくは紙を左手に、えんぴつを右手に持った。できるなら左手で書きたかった。左手を使った方が何でもうまくできるのだ。でもそういうわけにはいかない。左手でものを書いてはいけないのだ。物を持ったり、運んだり、食べたり、髪《かみ》をとかすときに使うことはできても、書くときには使えない。理由はわからないけど。

紙の上に並《なら》んだ父さんの字は、まるで風が吹《ふ》いたときに水面《みなも》にできる、たくさんのさざ波のようにうねりがそろっていてきれいだ。ところどころおもしろい形の字も交じっている。ちょうど水面にぴょこっと頭をつき出したアザラシが、宙返《ちゅうがえ》りして水中にもぐったみたいな字だ。父さんが書いた字を見ていると、ほこらしい気分になった。

ベルさんが到着《とうちゃく》するのが八時だということはわかっているから、きちんとした文にする必要はない。ただ「eight《エイト》（8）」と書けばすむ。だけどなぜだか、そのスペル《つづり》がなかなか思い出せないのだ。頭では、これ以上ないほど、よくわかっているのに。8という数字を頭に思いうかべさえすれば、その数がどういうことを表すかわかる——8頭の牛に8本の木、8個《こ》のりんごに8人の人——8と言ったら8のことだ。ちゃんとわかっている。ただ、字に書こうとするとだめなのだ。頭の中で何かがじゃまして、こんがらがり、こんな簡単《かんたん》なことのために全神経《ぜんしんけい》を集中しなくちゃいけない。なぜこうなるのか自分でもわからないし、人に話したこともない。とにかく、なるべく字を書かないようにしていた。

それでも、学校で「eight《エイト》」について習ったときに大事だと言われたポイントはしっかり覚えていた。つまり「エイ」と発音されるけど、スペルに「a《エイ》」は入っていないことだ。代わりに「e《イー》」が入っている。どうしてかはわからないけど。あと、たしか「t《ティ》」も入っていた。そこでぼくはこの二つの文字を紙に書いた。でもそれから先が出てこない。ふと「エイチ」という字も入っていたことを思い出したので、それも書いた。ただぼくはいつも「h《エイチ》」と「n《エヌ》」をごちゃ混《ま》ぜにしてしまう。先生が書くと同じに見えてしまうのだ。「エイチ」と「エヌ」のどちらかがもう一方より棒線《ぼうせん》が長いことは知ってるけど、どっちがどっちなのか、どうしても覚えられないのだ。

「書けたの?」おばさんがたずねた。「お父さまが待ってらっしゃるんでしょ。急いだ方がいいわ」

「わかりました」

ぼくは、えんぴつをおばさんに返すとマクレアリーさん家《ち》を後にし、丘《おか》をかけ上がって行った。ぼくの帰りを待っていた父さんは、受け取った紙に目を通すと、ぼくをじっと見つめた。

「マクレアリーさんには、渡《わた》してくれたんだろうな?」

ぼくはうなずいた。

「で、これしか返されなかったのか?」

「はい」

「そうか、ずいぶんと口数の少ない人なんだな」

ぼくは、ただじっと父さんの顔を見つめた。なんと答えていいかわからなかった。マクレアリーさん家《ち》での一部始終《いちぶしじゅう》をどう説明したらいいいんだろう。

「よしわかった。エディ、ありがとう。暗くなる前に、納屋《なや》のそうじをしておいてくれ」

「はい、父さん」

ぼくは納屋《なや》に行くと、ほうきを取り上げ、ゆかをはき始めた。納屋《なや》をきれいにするのは楽しい。気持ちがすっきりとする。しかも今晩《こんばん》はとりわけ気分がよかった。父さんのおつかいをちゃんと果たせたのだから。なんだか自分がかしこくなったような気がした。

でもその幸せな気分も、長くは続かなかった。

2　字が書けないぼく

船は、八時少し前に到着《とうちゃく》した。港にはベルさんを出むかえようと、ちょっとした人だかりができていた。ベルさんが波止場《はとば》に降《お》り立《た》つと、みんなして拍手《はくしゅ》でむかえ、握手《あくしゅ》をかわして祝福した。そこに父さんの姿《すがた》はなかった。父さんが着いたのは九時半で、港は暗やみに包まれ、人影《ひとかげ》はなかった。父さんは船の姿《すがた》が見えないかと、じっと沖《おき》に目をこらして一時間待った。そのあと家に帰って来た父さんは眠《ねむ》っていたぼくを、ベッドの支《し》柱《ちゅう》をけって起こした。こんなに怒《おこ》った父さんを見たのははじめてだった。だれか別の人かと思ったぐらいだ。父さんの手にはあの紙がにぎられ、まるで火でもついているかのように、ふっている。

「どこまでぬけてるんだ、おまえは！」

ぼくはどうしていいかわからなかった。一瞬《いっしゅん》、ぶたれるのではと思った。それまで父さんにぶたれたことは一度もなかったけど、友だちのなかには父親にぶたれたことのある子が何人かいた。ぼくもついにぶたれるんだ。ぼくはじっと身構《みがま》えた。父さんがにらみつける。いらだちと怒《いか》りで目がぎらぎらしている。なぜその船を出むかえることが、そんなに大事なのかわからないし、父さんにそんな目で見られると、いたたまれなかった。父さんはどうしたものかと葛藤《かっとう》しているようだった。顔には失望の色がうかんでいた。

それは去年の七月、ずっと雨の日が続いて干《ほ》し草《くさ》がだめになったときに父さんが見せたのと同じ表情《ひょうじょう》だった。がっくりとうなだれ、まるで馬が轡《くつわ》をはめるのをいやがるみたいに、頭を左右にふっている。まるで、おまえのことなんか知らないし、もう息子《むすこ》でもない、そう言われているみたいだった。ぼくはとっさに、そんな目で見られるぐらいなら、いっそのことぶってほしいと思った。つらくてたえられなかった。すると、父さんがいきなり部屋を出て行った。ぼくは背筋《せすじ》がぞくっとするのを感じ、毛布《もうふ》を引《ひ》き寄《よ》せて、しっかりくるまった。いったい何があったというのだろう。ただ、何かよくないことなのはたしかだった。

次の日の朝、父さんはぼくのことを見て見ぬふりをした。すれちがっても、まるでぼくなんて存在《そんざい》すらしないみたいに無視《むし》した。母さんの方を見ると、母さんもまた、なんだか葛藤《かっとう》しているように見えた。父さんが納屋《なや》に行ってしまうと、母さんはぼくをテーブルに呼《よ》んで座《すわ》らせ、えんぴつと紙を一枚渡《いちまいわた》した。

「エディ、あなたがかしこい子だってことはわかってるわ。さあ、ここに〝eight《エイト》〟って書いてごらんなさい」

「書くの？」

母さんはにっこりしてみせたけど、いらだっているのがわかる。

「どうしてそんなこと聞くの？　今言ったでしょ。聞いてなかったの？」

「聞いてたよ」

「じゃあ、書いてみて」

ぼくは、紙とえんぴつをじっと見つめた。

「ほら、手に持って」

えんぴつを取り上げてはみたけど、持ち方が思い出せない。頭の中が真っ白になり、泣きたくなった。

「さあ、書いて、エディ。〝eight《エイト》〟って書くの。できるでしょ」

ぼくは母さんの手を見つめた。洗《あら》い物《もの》をした後の母さんの手はいつもしわしわだ。しわしわじゃないときの手は、乾燥《かんそう》してところどころにうっすらひびができ、血がにじんでいることもある。母さんの力強い手。父さんの手もがっしりしているけど、母さんの手も強い。えんぴつの持ち方が思い出せないって言ったら、母さん、わかってくれるかな。わかってくれそうな人は、母さんぐらいなんだけど。

「ほら、エディ、書いて！」

ぼくは顔を上げ母さんを見た。くちびるがふるえ、今にも泣きだしそうなのを必死でこらえる。

「書けないんだ」

母さんの顔がくもった。

「書けないってどういうこと？　書けるにきまってるでしょ。意地なんて張《は》らなくていいのよ。意地を張《は》ったっていいことなんて何もないわ。学校に通うようになって、もうだいぶになるじゃない。〝eight《エイト》〟ぐらい書けるはずよ。そんな難《むずか》しいことじゃないんだし」

「思い出せないんだ……」

ぼくの声はかすれていた。

「まあ、何を言いだすの。ほら、えんぴつを紙に当てて動かしてごらんなさい。すごくやさしい単語よ。難《むずか》しく考えないで。〝eight《エイト》〟なんてだれにだって書けるわ」

そのとおりだ。みんな書ける。簡単《かんたん》な言葉なんだから、書けて当然だ。ぼくは、えんぴつを紙にぐっと押《お》し当《あ》て、上に動かしてみた。紙にあとがついた。でもここから先、どっちへ進むのだったか思い出せない。そこでそのまま線をのばすと、枝《えだ》が一本しかない木のようなものが書けた。母さんはぼくの肩越《かたご》しに身を乗り出し、ぼくが書いたものに見入った。それはまるで、発酵《はっこう》に失敗したパンが、オーブンから木の塊《かたまり》みたいになって出てきたのを見るような目つきだった。母さんはすっくと立ち上がると、深く息を吸《す》った。教会で神父さまのお説教が終わり、ようやく家に帰れるってときにするみたいに。

「なんてことかしら、父さんの言うとおりだわ」

その日から、みんなの接《せっ》し方《かた》が変わった。姉さんと弟は、わざわざぼくの目の前で字を書いて見せた。二人ともお手本さえ見せれば、ぼくも同じように書けるようになると、思ったのだ。ぼくもそう思った。でもだめだった。二人はだんだんじれったくなってきた。姉さんは、ぼくが書けないのは、歩くのが不自由なのと同じようなものだと説明した。つまりぼくは勉強が不自由ということだ。そう考えるのが正しいのだろう。弟は、「お兄ちゃんは意地を張《は》っているだけだよ」と言った。母さんが言うのを聞いていたのだ。母さんは、「農夫のなかには読み書きができない人はたくさんいるから心配いらないわ」と言った。少なくともぼくは農夫になるか、農夫の仕事を手伝うことはできるわけだ。でも、それ以外はたぶん無理。ぼくは喜んで農夫になれるんだろうか。いやではないとは思う。だいたいの人は農夫になるんだし。でも心のどこかで何かがちょっとひっかかっていた。もし農夫になりたくなかったらどうする？　何かほかになりたいものがあったら？　そのときはどうしたらいいんだろう？　でも幸い今はそこまで心配しなくていい。まだ十歳《さい》になったばかりなんだから。

みんなは話し方まで変えた。話すスピードも、必要以上にゆっくりで、やたらとくわしく説明した。はじめのころは、ばかげてると思ったけど、すぐに慣《な》れた。家族もそうだった。みんな、とくに弟は、ぼくに何かを説明しようとして、途中《とちゅう》でじれったくなってくることがあり、そういうときは、ぼくが代わりに最後まで言ってやった。それでもみんなは、ぼくは勉強が不自由だと思うことに慣《な》れてしまって、変だとも思わなかった。父さんは、これまでどおり、そうじなどを任《まか》せてくれたけど、もう二度とぼくにおつかいを頼《たの》むこともなかったし、ぼくには教えないようなことを弟に教え始めた。

父さんは、母さんとはちがい、農夫なら読み書きができなくてもいいとは思っていなかった。農夫だろうと、漁師《りょうし》や牧師《ぼくし》だろうと、世の中について書かれたものを読んでかしこくなることが、人としていちばん大切なことだと考えていた。そしてぼくらの地元に、それも家からほんの数キロのところに、世界じゅうでいちばんかしこい人が住んでいることを、父さんはとてもほこりに思っていた。たとえ実際《じっさい》に会ったことはないにしても。そんな父さんがなぜ、ぼくにはあっさり見切りをつけてしまったのかわからない。簡単《かんたん》にあきらめるなんて父さんらしくない。

いちばん困《こま》ったのは、母さんが学校まで来て、みんながいる前で先生にこう話したことだった。つまり、この子は学習に問題があるので、これからは先生もこの子にあまり多くを望まないでほしい、それが本人のためだからと。先生はすべて承知《しょうち》していますよ、といった感じでうなずいた。それから、ぼくにはなんの言葉もかけず、母さんには、「実は前々から何か問題がありそうだとは気づいていたのですが、そのうち追いつくだろうと思って、あえて口にしなかったんです」と言った。

友だちは、学校の外では今までと変わりなく接《せっ》してくれたけど、授業《じゅぎょう》のときは、ぼくに向かって冷やかすような顔や、あきれたような顔をしてみせた。それに、ぼくより勉強ができないような子たちがとつぜん、自分たちの方がかしこいと思うようになったのもいやだった。そういう子たちが、ぼくがとっくに理解《りかい》しているようなことを、先生に教えてもらっているあいだ、ぼくはこれまでどおり窓《まど》の外をながめては、ひまをつぶした。教室の外では、前と変わらずみんなが、これってどういうこと？　とぼくにたずねてきた。だけど授業《じゅぎょう》中はちがった。みんなには書けて、ぼくに書けない、そこが大きいのだ。みんなはよく、自分たちが書けたものをうれしそうにぼくのところに見せに来ては、こんなふうにやるんだよと教えた。ぼくの方がかしこいのにってわかってはいても、それを証明《しょうめい》することができなかった。

こんなことが長いあいだ続き、もうずっとこのまま変わらないのだと思っていた。夏が過《す》ぎ、新学期が始まった。

そんなある日、ある人との出会いが、すべてを変えたのだった。

3　ベルさんとの出会い

はじめてベルさんに出会ったのは、ぼくが原っぱを横切っているときだった。ベルさんは丘《おか》を下って来るところで、あたりにはぼくらのほかにだれもいなかった。空はくもっていたけど、あたたかい日だった。ぼくはとくに行く当てがあるわけでもなく、ただぶらぶら歩いては手にふれる草の感触《かんしょく》を楽しんでいた。草の合間からは、たんぽぽがまるで黄色い甲《かぶと》をかぶった兵隊みたいに顔をのぞかせている。たんぽぽには、見るたびに感心させられる。まわりの草たけが低いと、たんぽぽの背《せ》たけも低く、草たけが高いところでは、たんぽぽも高くなるのだ。きっと日の光を浴びるには、まわりの草と同じぐらい高くないといけないのだろう。ちなみに、たんぽぽは牛の大好物だ。

ベルさんはきつめのウールのスーツに身をつつみ、まるで熊《くま》のようにのっしのっしと丘《おか》を下って来た。これまで会ったことがなくても、この人がベルさんだとわかった。背《せ》が高くどっしりしていて、あごには白いもじゃもじゃのひげをたくわえている。農夫には見えない。農夫ならそんな大きなお腹《なか》をしているはずがない。でも、大きなお腹《なか》をしていても歩くスピードが落ちることはないようだ。ベルさんは腕《うで》をふりながら大声で話しているけど、そばにはだれもいない。ひとりごとを言っているのだ。

ベルさんは丘《おか》を下りきってしまうと、まわりなどまるで目に入らないかのように、そのまま原っぱをずんずん進み出した。すぐ横を通っても、ぼくの方には目もくれない！ ひょっとして眠《ねむ》りながら歩いているのかな、と思ったけど、日暮《ひぐ》れにはまだ早かった。

ぼくは後をつけてみた。原っぱのつきあたりには石の山がある。ベルさんは、はたしてそこでどうするか。止まって遠回りするのか、それとも登って越《こ》えるか。ひょっとするとそのまま山につっこむかもしれないぞ、これは見ものだ。今自分がどこを歩いているかも、目に入ってないみたいだし。

結局ベルさんはペースを落とすことなく山を乗り越《のこ》えた。でもその際《さい》、ポケットからえんぴつが落ちた。ぼくは走って行ってそれを拾い上げると、ベルさんに追いつこうとした。ところがベルさんの足の速いこと！ ぼくは「ベルさん！」と後ろから呼《よ》びかけた。だめだ、聞こえていない。「ベルさん！」まだだめだ。そこでぼくは大声で叫《さけ》んだ。「ベルさん！」ようやくベルさんが足を止めた。

後ろをふり返ったベルさんは、きょとんとしてぼくを見た。顔をしかめ、この子はいったいだれだったかな？　と思い出そうとするかのように、目を細めてぼくを見た。ぼくはえんぴつを差し出した。

「これ、落とされましたよ」

ベルさんは大きく息を吸《す》いこむと、ふうっとはき出した。五メートルぐらい先まで届《とど》きそうな息だ。ベルさんのこわばった表情《ひょうじょう》が、ちょうど氷が一瞬《いっしゅん》にしてとけるみたいにゆるんだ。野生の熊《くま》みたいだった顔は、これまで見たこともないような人なつっこい表《ひょう》情《じょう》へと変わった。ベルさんは、高く生《お》いしげった草をかき分けながらこちらへやって来ると、肉づきのよい指をのばし、ぼくの手からえんぴつを取った。それから親しい友人にするように、にっこりぼくに笑いかけた。もじゃもじゃまゆ毛の下で目がきらきら輝《かがや》いている。

「ところで、きみはだれだったかな？」

ぼくはどう答えていいかわからなくて「だれでもありません」と答えた。

「だれでもない？」ベルさんが、にやっとした。「だれでもない人間に会ったのははじめてだ。きみは本当に、だれかではないのかい？」

「ええと、名前はエディです」

ぼくがそう言うと、ベルさんは目をまんまるに見開いた。ほっぺたが落ち、いきなり悲しそうな表情《ひょうじょう》に変わった。ぼく、何かまずいことでも言ったかな？　でもなんだかこわくて聞けない。

「なんていう名前だって？」

「エディです」

ベルさんの顔はもう笑っていなかった。どこか遠くを見つめ、悲しい顔をしている。

「エディ。そうか……、わたしの弟もエディという名前だったよ。かわいそうに、一年前に亡《な》くなったんだ。それ以来、一日だってあいつのことを考えない日はないよ」

ぼくはなんと返事をしていいかわからず、「ぼくにも弟がいます」と言った。

ベルさんがじっとぼくを見た。顔にだんだん笑《え》みがもどってきた。

「そうか、よし、握手《あくしゅ》といこう、若《わか》きエディ君。わたしはアレック・ベルだ。きみと知り合えてうれしいよ」

「ぼくもお近づきになれてうれしいです」

ぼくがのばした手を、ベルさんがにぎる。その大きな手は、火照《ほて》って汗《あせ》ばんでいた。ベルさんは、うんうんとうなずき、ぼくにウインクすると、また向きを変え、草やたんぽぽを押《お》し分《わ》けながら歩きだした。ぼくは立ったままベルさんが去って行くのを見つめた。この世でいちばんかしこい人に会ったんだ。今ごろになってぼくは興奮《こうふん》してきた。

夕方、家に帰ったぼくは、「ベルさんに会ったよ」と母さんに言った。すると母さんはまゆをひそめ、「作り話はよしなさい」と言った。ぼくが、「作り話じゃなくて本当に会ったんだよ」と言うと母さんは、じゃがいもをつぶす手は休めず、目をストーブから上げた。

「どこで？」

「マクドゥーガルさん家《ち》の原っぱだよ」

母さんは顔をしかめて鍋《なべ》をのぞいた。

「それはベルさんじゃないと思うわ。きっとだれか別の人よ。ベルさんはあのあたりを歩いたりしないわ」

「ベルさんだよ！　自分でそう言ってたし、握手《あくしゅ》してくれたんだよ」

「ベルさんがあなたと握手《あくしゅ》ですって？」母さんは笑った。ぼくがベルさんと握手《あくしゅ》しているところを想像《そうぞう》すると楽しかったのだ。母さんは顔だけこちらへ向け、ちょっとのあいだ窓《まど》の外をながめた。どこか夢《ゆめ》みるような表情《ひょうじょう》だった。しばらくして、母さんはつぶしたじゃがいもをすくってボウルに移《うつ》した。

「さあ、手を洗《あら》ってらっしゃい」

それから母さんはぼくに体を寄《よ》せ、まるでないしょ話でもするみたいにこう言った。

「そのこと、父さんにはだまっておいた方がいいわ」

ちょっと困《こま》ったような表情《ひょうじょう》だった。

「わかった」

学校でも、だれ一人ぼくの言うことを信じようとはせず、言うんじゃなかったと後悔《こうかい》した。ついロ走ってしまったんだ。

担任《たんにん》のローレンス先生には、どうやら二つの顔があるようだ。一つは何を言っても信じてくれる顔、そしてもう一つが何を言っても信じない顔だ。

ジョーイ・マクドゥーガルが、この前ベルさんがだれかとボートに乗って葉巻《はまき》をふかしているところを父さんと見たよ、という話をしたときだった。ぼくはついぽろっと、「ぼくもこのあいだ原っぱでベルさんに会って握手《あくしゅ》をしたんだ」と言ってしまった。

「ああ、そうかい。ベルさんが四つんばいになって、口からもどしたものを食べてたんだよな？」

ジョーイが言うと、みんながどっと笑った。

「本当に会ったんだぞ！」

ぼくはローレンス先生の方を見た。すると、それまでもっともらしく話を聞いていた先生の顔が、急に疑《うたが》わしげな表情《ひょうじょう》に変わった。

そんなことがあってから二週間というもの、ぼくは毎日マクドゥーガルさん家《ち》の原っぱに通ったけど、ベルさんには一度も会えなかった。

次にベルさんと会ったのは湖で、気づいたときにはもう、ベルさんがすぐそばにいたのだった。

ぼくはひざまで湖に入っていた。風はなく、湖面はまるで銀食器の表面のようにまっすぐにのび、きらきらと輝《かがや》いていた。でも実際《じっさい》には、湖面はまっすぐではない。地球が丸いからだ。つまり地球上のものはすべて、湖ですら表面が丸くふくらんでいるということだ。海に行くと、遠ざかっていく船が水平線の下に沈《しず》んでいくのを見られると聞いたことがある。このことから地球が丸いことがわかるのだそうだ。ぼくはこの幅《はば》十五キロほどのブラス・ダー湖の水平線でも、地球の丸みが見られるか、たしかめてみたかった。

そこでぼくはズボンのすそをまくり上げ、水の中にかがんで頭を水面に近づけてみた。でも、なかなか思うようにいかない。もっと深くまで行って首まで水につかり、真正面から湖面を見ることができれば簡単《かんたん》だろうけど、ずぶぬれになるのはいやだった。遠くの方に小舟《こぶね》が見える。よし、あの小舟《こぶね》が水平線の下に消えてゆくところを見届《みとど》けてやろう、ぼくはじっと目をこらした。けっこう自信はあった。だけどなんせ足元がすべりやすい。ひっくり返らないよう何かつかまれるものがあれば、と後ろをふり返ったときだった。ぼくはぎくっとした。三十メートルほど先でベルさんが、ぼくと同じようにかがみ、湖をじっと見ていたのだ。びっくりして心臓《しんぞう》が止まるかと思った。

ベルさんは目を思いきり細め、何かわからないけどぼくが見ているものを、自分の目でもたしかめようとしていた。知りたさのあまり、ぼくの友だちがするようなかっこうまでして。ただぼくの友だちにも、これほどの知りたがり屋はいない。

「ああ、わからん！　教えてくれ。さっきからいったい何をそんなに一生懸命《いっしょうけんめい》に見てるんだ？」

ついに、ベルさんが聞いた。答えを口にするのがなんだかはずかしい。

「ええと、その……湖でも地球が丸いことを、たしかめられないかと思って」

それを聞いたベルさんがすっくと立ち上がった。

「やっぱりそうか！　そうじゃないかと思っていたんだよ！」

ベルさんの顔いっぱいに笑《え》みが広がる。

「で、どうなんだね、たしかめられたのかい？」

ぼくはうなずくと、「そう思います」と答えた。

「すばらしい！」

ベルさんは、さらにじゃぶじゃぶ水の中に入って来ると、ぼくの後ろに立った。

「あそこの、あの舟《ふね》かね？」

「はい、そうです」

ベルさんは手をかざして日ざしをさえぎり、舟《ふね》を見つめた。

「ああ、なんとかしてあの舟《ふね》までの距離《きょり》が測《はか》れればなあ」

それって本当に知りたいのかな。本気で言っているように聞こえたけど。

「離《はな》れた二つの地点間の角度がわかれば、距離《きょり》が出せると算数の本にありました。実際《じっさい》のやり方まではよくわかりませんが」

ぼくも角度がどういうものかはわかっている。でも、それをどうやって測《はか》るのかは知らなかった。ベルさんならきっと知ってるだろう。

ベルさんが、まゆをひそめた。

「そうかあ、ふうむ。だけど、わたしは算数がもともと得意な方じゃなくてね」

冗談《じょうだん》だよね。世界じゅうでいちばんかしこい人が、算数が苦手なんてことがある？ どういうことなんだろう。でもなんとなく聞きづらい。ベルさんは、そんなぼくの心のうちを見すかしたようにこう言った。

「算数の問題はいつも別の人にやってもらっているんだよ」ベルさんがウインクする。

「でも……」

「算数が苦手な人間が、どうやったら発明なんてできるのか不思議なんだろう？」

「はい」

「まあ、それはだな、発明家になることと、算数や読み書きなどが得意なことは関係がないってことだ。大事なのは豊《ゆた》かな想像力《そうぞうりょく》の方だ。発明っていうのは……そう、空想するようなもの。いや、まさしくそのとおりだ。次に、その空想したものを現実《げんじつ》の形にしてゆく。とにかく根気のいる作業だ。空想と根気をかけあわせると、それが発明になるというわけさ」

ベルさんはぼくの方を見てにっこりした。その目はきらきら輝《かがや》いていた。

「しかしだ、その空想する中身も、よっぽどすばらしいものでないといけないし、根気もかなり長いあいだ必要だ。ここでみんなつまずく。ところでエディ、きみは大人になったら何になりたいんだね？」

ぼくは名前を覚えていてくれたことにおどろいた。

「たぶん、農夫になると思います。どうも読み書きがあまり得意じゃなくて……。それでも母さんが言うには、農夫だったらなれるって」

ベルさんは、まゆをひそめた。

「そうなのかい？　で、きみは農夫になりたいのかね？」

「わかりません。でもその、もしそれしかないのなら」

それを聞いたベルさんは、まるで馬のように大きく鼻を鳴らした。

「読み書きができないって、だれに言われたんだね？」

「みんなです」

「そうか、なるほど。そういう〝みんな〟とやらに、わたしも以前会ったことがあるよ。でもまあ、〝みんな〟の方がまちがっていることがほとんどだったがね。ところで、ヘレン・ケラーの名前を聞いたことがあるかね？」

「はい」

「今度彼女《かのじょ》が家に来たとき、ぜひ会ってみるといい。ヘレンは目や耳が使えなくても、かなり上手《じょうず》に字が書けるようになったんだよ。これをどう思うかね？」

「目も耳も使えない？」

「まったくね」

どんな感じか想像《そうぞう》しようとしたけど、頭が混乱《こんらん》するばかりだ。目も耳も使えないだって？　じゃあ、どうやって相手と言葉をかわすんだろう？　まったく想像《そうぞう》がつかないや。さみしくはないんだろうか？　ベルさんはじっとこっちを見たまま、ぼくの答えを待っている。

「わかりません。目も耳も不自由で、どうやって話をするんですか？」

「こうするんだよ」

ベルさんはそう言うと、手をのばし、ぼくの顔にふれた。ぼくは目を閉《と》じた。ぽってりとした大きな指が、くちびるにふれている。なんだか変な感じだ。「よし、じゃあ声は出さずに何か言ってみてくれ」

ぼくは言われたとおりにした。口にふれるベルさんの指を感じながら、ぼくは声に出さずに言った。

「〝地球はまるい〟、そう言ったんだね」

「そうです」

ベルさんの手が口から離《はな》れた。

「いいかい、人が何かをできるようになるのは、できるようになりたいと思う心があるからだ。人が本気でできるようになりたいと願うときに、その想《おも》いを止められるものなど何一つない。きみの言う〝みんな〟とやらが、まちがっているだけだ」

ぼくはすっかり圧倒《あっとう》されてしまった。それでも、あと一つどうしてもベルさんに聞いてみたいことがあった。ぼくはおそるおそるたずねた。

「あの、ベルさんが今いちばんできるようになりたいことって何ですか？」

ベルさんはおどろいた顔でぼくを見つめると、いきなりわっはっはと笑いだした。

「数えきれないぐらいたくさんあるぞ。いちばんできるようになりたいこと、それは〝すべて〟だ」

そう答え、湖の向こうをじっと見つめた。その表情《ひょうじょう》からは、とても強い決意がうかがえた。

「空飛ぶ船で人を運ぶことだな、ちょうど船で海を渡《わた》るようにね。それができるようになりたいことの一つだ。あともう少しってところまできているんだが」

肩《かた》に置かれた手に、ぎゅっと力がこもる。

「地球が丸いか、湖でたしかめるようなかしこい子なら、読み書きだってきっとできるようになるよ」

そう言ってウインクするとベルさんは去って行った。ぼくは遠ざかるベルさんを見つめた。

帰り道、ベルさんが言っていたことを一つひとつ考えてみた。今回は、ベルさんに会ったことを、あわててみんなにしゃべりはしなかった。言ったって、どうせ作り話と思われるだけだ。しかも、ヘレン・ケラーに紹介《しょうかい》するから家《うち》においでって言われたなんて、だれが信じる？　信じるわけがない。ぼくは、目も耳も不自由なヘレン・ケラーが字を書くことができるなんて、まだ信じられなかった。かなり上手《じょうず》に書けるようになったってベルさんは言ってたけど、どうやったんだろう？　想像《そうぞう》もつかなかった。

4　ひらめいた日

以前、納屋《なや》で飼《か》っていた牛が、目の見えない子牛を産んだことがあった。今でも覚えている。息をしたかと思ったら、すぐ死んでしまったのだ。母さんは舌《した》を鳴らし、自然がまちがえたのだと言った。父さんは、とまどいといらだちの目で、その子牛を見つめた。そして子牛の足にロープを結びつけると、馬に引かせて森まで運んだ。母さんもついて行った。自然にもまちがうことがあるだなんて、ぜんぜん知らなかった。自然というのは完璧《かんぺき》なものだと思っていた。今度またベルさんに会うことがあったら、このことを聞いてみよう。

目も見えない、耳も聞こえない、それでどうやって生活するんだろう？　どうしても知りたくなったぼくは、ろうそくを持って納屋《なや》の中へと入って行った。ろうそくのろうを、指と指でこすってやわらかくし両耳につめる。次に、両目に二枚《にまい》のぼろ切れをかぶせてベルトでしばり、頭にしっかり固定した。これでもう何も聞こえなければ見ることもできない。なんともおかしな感じだ。まず気がついたのは、干《ほ》し草《くさ》のにおいが、いつもより強く感じられることだった。二、三歩進んでみる。足のうらにゆかの感触《かんしょく》が伝わる。さわったり、においをかぐだけでも、いろんなことがわかるものだ。ぼくは手をまっすぐ前に出し、何かにつまずかないよう気をつけながら、ゆっくり前に進み出した。といっても、納屋《なや》のことは知りつくしているから、ぜんぜん知らない場所で目や耳がきかないのとはわけがちがう。

どこか別の場所へ移《うつ》ろう、そう思っていたら足が何かにぶつかった。前につんのめり、勢《いきお》いよくゆかに倒《たお》れる。こわかった。自分が倒《たお》れていくのもわからないから、まるでゆかの方がはね上がり、ぶつかってきたみたいに感じた。ぼくはひざをつくと、まわりのようすを手で探《さぐ》った。さっきつまずいたのは、ほうきの柄《え》の部分だった。そのとき、いきなり肩《かた》をぐいっと引っぱられた。だれかいる。きっと弟だ。「なんか用か？」と言ってみたけど返事は聞こえないし、自分の声の大きさもわからない。するとさらに強く引っぱられた。

「そうじでもしてろ！」そう言ってから、ふといい考えがうかんだ。ぼくは手をのばし、そこにある顔を探《さが》した。口にふれ、なんと言っているのか指で読み取ろうと思ったのだ。ところが、のばした手ははらいのけられ、頭からベルトとぼろ切れがはがされた。弟じゃない、父さんだった。

「何があった、エディ？　だれがこんなことを？　友だちにやられたのか？」

「ちがいます、父さん」

「じゃあ、だれが頭にベルトを巻《ま》きつけたんだ？」

「自分でやったんです」

父さんは、どういうことか理解《りかい》しようとぼくをじっと見つめた。今やってたことを、どう説明すればいいんだろう？　わからないけど、とにかく何か答えなくちゃ。

「たしかめていたんです。目や耳が使えないってどんな感じなのか。ヘレン・ケラーみたいに」

怒《おこ》られるんじゃないかと思ったけど、ちがった。父さんの顔がふっとやさしくなり、声もおだやかになった。

「いいか、エディ、これから先、おまえは生まれ持った能力《のうりょく》すべてを使って生きていかなきゃならん。聞こえてるな？　せっかくもらった目や耳をむだにして、人生をこれ以上ややこしくするな。ヘレン・ケラーのことは父さんも知っている。でもおまえはあの人みたいになりたいわけじゃないだろう。父さんの言ってることがわかるか？」

「はい、父さん」

父さんが真剣《しんけん》な目でぼくを見つめる。

「わかったな、エディ？」

「はい」

「よし、じゃあ、そこにあるハンマーをマクレアリーさんのところまで持って行ってくれるか？」

「わかりました」

「それから……その後で、ここをそうじしておいてくれ、いいか？」

「わかりました」

納屋《なや》のそうじをする必要はなかった。父さんはただほかに言うことが思いつかなかっただけだ。でもぼくは気にしなかった。父さんが、もう一度おつかいを頼《たの》んでくれたことがうれしかった。たとえそれがハンマーを届《とど》けるだけだったとしても。ぼくはゆかからハンマーを取り上げるとおもてに出た。

前に母さんが、マクレアリーさんは常識《じょうしき》にとらわれない人だって言っていたことがあった。そのときは、なんのことやらさっぱりわからなかったけど、そのうちわかってきた。父さんもふくめ、このあたりの男の人たちのあいだでは、近ごろパイプを吸《す》うのがはやっている。マクレアリーさんもその一人で、それはベルさんがパイプを吸《す》うからだ。パイプを吸《す》えばかしこくなれると思っているのだ。年上の農夫のなかには早くから吸《す》っている人もいるけど、その人たちが前よりかしこくなったとは聞かない。

ある朝、ぼくが学校へ向かっていると、マクレアリーのおじさんが家の外でパイプに火をつけていた。でもどうも吸《す》い方《かた》が変だ。おじさんはぼくを見ると、まゆ毛を上げた。ぼくに読み書きの問題があるとわかってから、いつもこうだ。ふと見るとおじさんの足元にマッチの燃《も》えさしの山ができている。パイプをくわえた口がふくらんでいるところを見ると、パイプを吸《す》っているのではなく、ふいているのだろう。

その日のお昼近く、学校で煙《けむり》のにおいがした。みんなで外へ走り出てみると、マクレアリーさんの農場あたりから黒い雲がもくもく立ち上っているのが見えた。学校帰りに通りかかると、マクレアリーさんの干《ほ》し草《くさ》畑の一角がまるまる焼けてしまっていた。そこには何人かの農夫たちの姿《すがた》があり、火を消してくれたお礼にと、おばさんが焼いたクッキーを食べながらお茶を飲んでいた。みんな口々に、火事が飛び火する前にみんなに知らせるとは、マクレアリーさんは本当に機転がきくだとか、第一、火事をすぐ発見したのは実にえらいなどとほめていた。そもそもなぜ火が出たかを知る人はなく、おばさんは異常現象《いじょうげんしょう》にちがいないと言っていた。ちょうどそのよく日、井戸《いど》のところでマクレアリーのおじさんがパイプに火をつけているのを見かけた。おじさんは、煙《けむり》を強く吸《す》いこみすぎたせいでむせ、口からパイプがぽろっとこぼれた。おじさんはぱっと、ボールをつかむように手を出したけど、つかみそこねてパイプは井戸《いど》の中に落っこちてしまった。ぼくが見ていることに気づいたおじさんは、例によってまゆ毛を上げたけど、そのときの表情《ひょうじょう》はおびえた牛そっくりだった。

ぼくがハンマーを手に丘《おか》を下って行くと、マクレアリーのおじさんは、疲《つか》れた顔をして牧草地に立っていた。このところ雨が多いのだ。柵《さく》は傾《かたむ》き、牧草地に出入りする牛たちは、すべってばかりいた。柄《え》の部分が折れたハンマーが、泥《どろ》の中に落ちている。きっと柵《さく》の支柱《しちゅう》をもっと深くまで打ちこもうとして、強くたたきすぎたのだろう。おじさんは、ぼくが持っているハンマーをちらっと見ただけで、疲《つか》れきった表情《ひょうじょう》のまま、ぼくの顔を見ようともしない。ぼくは牛たちが通ったあとをじっと見つめた。水がにごって茶色くなっている。牛たちはそんなことにはお構《かま》いなく、これからも同じところを通るだろう。とつぜん、いい考えがうかんだ。「石をしきつめてみてはどうですか」

ぼくは思わず言った。おじさんがあまりにも落ちこんで、とほうにくれて見えたからだ。

おじさんがじろりとぼくを見た。「なんだって？」

「牛の通り道に石をしくんです。そうすれば牛たちはその上を歩くことができます」

おじさんは、まるでぼくが、とんでもなくばかげたことを言ったかのように顔をしかめた。それから後ろをふり返り、通り道をじっと見つめた。次におじさんは干《ほ》し草《くさ》畑の方に目を移《うつ》した。畑のすみには、たくさんの石が山のように積まれている。おじさんが手を差し出したので、ぼくはハンマーを手渡《てわた》した。ハンマーは重くて、持っているだけでも両手が必要だったのに、おじさんはまるで重さなんかないみたいに、片手《かたて》で軽々と受け取った。

「ありがとよ」おじさんがそっけなく言った。

「いえ」と言うと、ぼくは向きを変え歩きだした。後ろから柵《さく》を打つハンマーの音がしてくるのを、今か今かと待ったけど、音はいつまでたっても聞こえてこなかった。

よく朝、学校へ行く途中《とちゅう》通りかかると、おじさんが石をいっぱいに積んだ手押《てお》し車《ぐるま》を牧草地の方へと押《お》していた。目が合ったように思ったけど、おじさんは気づいていないふりをした。

その週末には、牧草地を横切る広い石の道が完成した。すばらしいながめだった。牛たちはすべることなく牧草地を行き来していた。父さんと母さんもその道のことを話題にし、頭のいい人だったんだねと感心していた。学校へ行くとき、マクレアリーのおじさんがほこらしげに石の通り道に立っていた。おじさんはぼくの姿《すがた》を見ると、それでもやっぱり、まゆ毛を上げた。

5 数学って楽しい!

担任《たんにん》のローレンス先生は、茶色い髪《かみ》に茶色い目をしていて、毎日同じ茶色い服に茶色いくつ、それに茶色いコートで学校に来る。教室に入ると、コートをぬいでハンガーにかけ、ポケットからハンカチを取り出してそでに押《お》しこむ。ハンカチは一日中そのままで、そでから落ちることはない。これまでで変わったことといえば、コートに穴《あな》があいたのでつぎ当てをしてきた日があったことぐらいだ。はじめのうち、つぎを当てた部分だけ色がういて見えたけど、その年の終わりには、まわりの色と変わらなくなっていた。

学校では毎朝、はじめに算数を勉強する。算数は好きだ。問題を読み上げてもらうとわかりやすいし、頭の中で解《と》くことができる。だいたいの子はその逆《ぎゃく》で、頭の中だけでは難《むずか》しく、紙に書かれた問題を見ないと解《と》けない。どうしても解《と》けないと、ぼくに助けを求めてくることもある。そういうときは問題を読み上げてもらい、答えを教えてあげることにしている。それでもだれも、ぼくのことをかしこいとは思ってくれない。問題が読めないからだ。

算数の次は朗読《ろうどく》の時間だ。この時間はたいていちっともおもしろくない。ローレンス先生はいつも教室の前にぴしっと立ち、みんなに本を読み聞かせる。ぼくはときどき想《そう》像《ぞう》で、先生のことをしゃべる木に見立てる。学校ではしょっちゅう空想する。心がじっとしていられないのだ。

そんなある日、先生が新しい本を読んでくれた。そしてこの本が、ぼくにとってすべてを変えるきっかけとなった。その本には古代ギリシャのことが書かれていた。そしてどういうわけか、ぼくには古代ギリシャのすべてがおもしろかった。友だちはつまらないと思ったみたいだけど、ぼくはいつまで聞いていても飽《あ》きなかった。これまで学校で習ったなかで、いちばんおもしろいと思った。

古代ギリシャでは、一年じゅう太陽がさんさんと降《ふ》りそそぎ、気温が高かった。人々は昼夜を問わず、あたたかい丘《おか》の上にただ座《すわ》っては、おもしろい問答《もんどう》をしてみたり、世間話に花をさかせた。海は緑色で、ときには青く見え、ところどころが金色にきらめいていた。陸にはオリーブにオレンジ、レモン、そしてさくらんぼの木々が育っていた。もも色をした山の頂《いただき》には、黄金の神殿《しんでん》が建ち、乾燥《かんそう》して砂《すな》だらけの平原がはてしなく広がり、浜辺《はまべ》の砂《すな》は強い日ざしを受けて金のように輝《かがや》いていた。実際《じっさい》、本物の金も混《ま》じっていたのだろう。

また古代ギリシャでは、アポロンやアテナといった神々や女神《めがみ》たち、それにヘラクレスやアキレス、オデッセウスのような英雄《えいゆう》たちもかつやくした。アレクサンダー大王のような偉大《いだい》な統治者《とうちしゃ》もいたし、プラトンやアリストテレス、ソクラテスに代表される哲《てつ》学者《がくしゃ》たちが、戸外を散歩しながら難《むずか》しい問題について考えた。盲目《もうもく》のホメロスのような詩人や、アルキメデスのような数学者たちもいた。

なかでもいちばんぼくが夢中《むちゅう》になったのはアルキメデスだった。なにしろたった一人の人間に、百人分の力を出せるような道具を発明したんだからすごい。その道具は子どもにだって使える。使うのが、神様や統治者《とうちしゃ》、英雄《えいゆう》である必要はなく、だれでもいいのだ。クラスのみんながあくびをしたり、つまらなそうに目をぐるりと回してみせるなか、ぼくは、読み上げられる言葉一つひとつが、まるで魔法《まほう》の力を運んでくれるかのようにじっと聞き入った。実際《じっさい》、その本はぼくに魔法《まほう》を引き起こしたのだから。

ところが先生はしばらく読んだ後、今度はその本をみんなに回し、今読んだところを少しずつ区切って朗読《ろうどく》させ始めた。これではせっかくの本も台無しだ。先生のように上手《じょうず》に読める子なんて一人もいないし、名前だってみんな正しく読めなかった。そしてぼくが読む番になった。ぼくは字がぜんぜん読めないので、それっぽく読むふりをするしかない。朗読《ろうどく》の時間によく使う手だ。ぼくは、さっき先生が読んでくれた内容《ないよう》を必死で思い出し、でたらめの文を読んだ。でもだれも気にとめない。そもそもちゃんと注意して聞いてる子なんて一人もいないし、みんなぼくが正しく読めるなんて思っていないのだ。みんなが読むと、本に宿っていた魔法《まほう》の力はすっかり消《き》え失《う》せてしまった。

その本を先生がはじめて読んでくれた日、ぼくは先生に、昼休みのあいだ教室に残ってその本を読んでいてもいいかとたずねた。でも、ゆるしてもらえず、「外へ行って遊んでらっしゃい」と言われた。また別の日にお願いすると、先生はちょっとイライラしたようすで、じっとぼくを見た後こう言った。

「いいでしょう。でも少し読んだら外へ行くのよ」

ぼくは先生にお礼を言った。本当のところぼくはその本を読みたいわけではなかった。ただ本にのっている絵が見たかったのだ。

本には、かっ車や輪軸《りんじく》、ロープ、それにスロープなどの絵がのっていて、いろんな方向を指した矢印もついていた。小柄《こがら》な男の人が、ロープを引っぱって重い石を地面から持ち上げている絵もある。ほかにも、何人かのおじいさんの絵と名前がのっている。どれがだれだかわからないけど、かっ車の絵のとなりにあるのが、おそらくアルキメデスだろう。絵の人たちはみな、ベルさんみたいに白いひげを生やしている。たしかにベルさんなら、ここにぴったり収《おさ》まるだろう。かっ車の図の上には難《むずか》しそうな単語が一つのっている。ぼくは先生に本を返すとき、なんて書いてあるのかたずねてみた。

「〝応用《おうよう》数学〟よ」

「それって、どういう意味なんですか？」

先生は顔をしかめて、ため息をついた。「どうしてそこまで気になるのかしらね？応用数学《おうようすうがく》というのは、物を動かしたりするのに数学を利用することよ」

そう言うと先生は、黒板を指すときに使う棒《ぼう》を手に取り、背《せ》のびして本だなのいちばん上の段《だん》にある一冊《いっさつ》の本を指した。

「あれが『応用数学《おうようすうがく》』の本。だけど難《むずか》しすぎてあなたの手には負えないわ。だいたいの人がわからないんだから」

「あの本にも絵はのっていますか？」

「さあ、どうかしら。一度も開いたことないから」

「わかりました、先生。ありがとうございます」

ぼくの考えるところ応用《おうよう》数学というのは、重たい物も、なんでもないかのように動かせるようにする魔法《まほう》みたいなものなのだ。魔法《まほう》のようであって、現実《げんじつ》にあるもの。これが気にならずにいられるだろうか？

ぼくは本だなに収《おさ》まっているその分厚《ぶあつ》い本を見つめ、絵がのっていそうか考えた。字が読めないって、なんてやっかいなんだろう。それにどう考えたって変だ。どうして算数はこんなにできるのに、読み書きとなるとまったくだめなんだ？　学校からの帰り道も、ぼくはずっとこのことを考えていた。家に着くと、教科書とノート、えんぴつを取り出しベッドにこしかけた。自分で読み書きの練習をしようと決心したのだ。ヘレン・ケラーが書けるようになったのなら、ぼくにだってできるはずだ。まずは数から始め、ほかの単語に広げていこう。最初は「eight《エイト》（8）」からだ。

　教科書を開き、数の表を探《さが》して「eight」を書き写す。ぜんぶで五文字。これならいけそうだ。ぼくは教科書にあるとおりに書き写した。次にノートをめくって、別のページに十回書いた。そうして書いたものを教科書のものと比《くら》べてみた。なんてことだ、六回もまちがえている！　正しいのは「eight」なのに六回も「eihgt」と書いていた。ぼくにはどっちも同じに見えるのだ。一文字ずつ追って書かないと、ちがいがわからなかった。

　まあ、いい。もう一度やってみよう。そして書いてみると、今度まちがえたのは二回だけだった。さっきよりいい感じだ。だけど、そもそもどうしてまちがえるんだろう。うんざりする。一つの数字をノートに二十回書くのに比《くら》べたら、原っぱを走って往復《おうふく》する方が楽だった。それでも何度もくり返し書いたので、「h《エイチ》」と「n《エヌ》」のちがいは覚えた自信があった。たしか、棒《ぼう》が長い方が「h《エイチ》」、短いのが「n《エヌ》」で、たとえば「no《ノウ》（ちがう）」という単語に入っている。

次は「one《ワン》（1）」という数字だ。文字をじっと見つめる。あれ？　どうして「w《ダブリュー》」で始まっていないんだろう。だってそうだろ？「ワ」の音で始まるのに。ぼくは、ゆっくりと確認《かくにん》するように発音してみた。ほら、やっぱり「w（ワ）」の音だ。なのにスペル《つづり》には「w《ダブリュー》」が入っていない。いつも入れるわけじゃないなら、どうして「w《ダブリュー》」なんて文字がそもそもあるんだ？　さっぱりわからない。それはそうとして、「one《ワン》」は三文字だけだから、覚えるのもわりと楽だ。今回は一度もまちがえなかった。いい気分だった。

その次は「two《トゥー》（2）」だ。単語は木や馬、納屋《なや》と同じく、単なる形にすぎない。ただ、納屋《なや》だと木を何本か足したり引いたりしても、納屋《なや》であることに変わりはない。木や馬などと見まちがえたりはしない。それに、もし木から枝《えだ》を一本取ったり、馬が片脚《かたあし》をなくしたとしても、やっぱり木は木だし、馬は馬だとわかる。納屋《なや》とまちがえたりはしない。ところが単語の場合、ほんのちょっとでもいじると、もう別の単語に変わってしまうのだ。そのことでは苦い経験《けいけん》もしている。

「two《トゥー》」をじっと見ていて、信じられないことに気づいた。「w《ダブリュー》」が入ってる！　発音にはない音なのに。まったくどうなってるんだ。発音される文字がスペルに入っていないと思ったら、今度は、発音にはない文字がスペルに入っている。いったいどういうことだ？　英語を作ったのがだれだか知らないけど、ふざけているとしか思えない。こんなのどうやって覚えろっていうんだ？

単語をたった三つ練習しただけで、もうへとへとだった。そこで新鮮《しんせん》な空気でも吸《す》おうと外に出た。庭を横切り、納屋《なや》の裏手《うらて》にある柵《さく》にのぼる。次に石を何個《なんこ》か拾って、柵《さく》の支柱《しちゅう》めがけて投げた。ぼくは石当てが得意で、投げているといい気分になる。ぜんぶで二十五個《こ》ほど投げて十六個《こ》か十七個《こ》命中させた。家に入る前に、ぼくは納屋《なや》のかべに先のとがった石でささっと「eight《エイト》」と書いた。これだけは、もうぜったい忘《わす》れることはないだろう。

自分の部屋にもどると、ベッドにこしかけ「three《スリー》（3）」という文字を見つめた。何か心にひっかかる。さっきかべに書いた字、「g《ジー》」と「h《エイチ》」の順番はちゃんと合っていたかな？　だいじょうぶだろうとは思うけど自信がない。ベッドに座《すわ》り直し、勉強を続けようとしたけど、どうしても気になって集中できない。たしかめなくちゃ。正しいスペルと比《くら》べられるよう、教科書を持って外へ出た。納屋《なや》の後ろのかべをじっくり見た後、教科書に目を移《うつ》す。やっぱりまちがっている。ぼくはそのまま長いこと、その字を見つめていた。まるでだれかが、どこかで、いやもしかすると世界じゅうが、ぼくに何かを伝えようとしているかのように思えた。世界が伝えようとしていること、それはぼくには書けるようになる見こみなどないということで、実際《じっさい》そのとおりなのだった。

6　失敗は友だち

三度目にベルさんに会ったのは、気のめいるような雨の日だった。ぼくは湖の岸辺を歩き、貝がらや石を拾っては水に向かって投げていた。そうやってぶらぶら散歩しながら、自然がまちがうって本当だろうかと考えていた。貝の中にも、まちがったものが交じっているんだろうか？　まちがった石もあるってこと？　波はどうなんだろう？　ぜんぶ完璧《かんぺき》なのか、それとも、なかにはできそこないみたいなものもあるのか？　だいたい、まちがってるってなんだろう？　期待どおりじゃないってこと？　目が見えない子牛が生まれ、すぐ死んでしまうのはどうしてだろう？　大きく育つじゃがいももあれば、小さいままのものもあるのはなぜなんだろう？　ときどき、しなびてざらざらのりんごができるのはなぜなんだ？　左手でものを書いちゃいけないなら、どうしてぼくは左ききに生まれたんだろう？　算数は得意なのに、読み書きがぜんぜんできないのはなぜ？　ぼくは湖のずっと向こうを見つめた。暗くてよく見えない。自然がまちがうことがあるとして、そのまちがいは直せるものなんだろうか？

ぼくはいつしか入《い》り江《え》のはしっこまで来ていた。砂浜《すなはま》はそこまでで、あとは岩場になっている。岩場を上ってゆくと、ベルさん家《ち》の敷地《しきち》、ベイン・バリーにつながる森に出る。そのとき、大きな男の人が水にかがんで木切れを拾っているのが見えた。遠くからだと地元の農夫みたいに見えたけど、近づいてみるとベルさんだった。ちょうど森をこっそりぬけて来たばかりで、だれにも見られたくないって感じで木にくっついて立っている。なんだか眠《ねむ》そうな顔をしている。と、ベルさんがぼくに気づき、にっこり笑った。じゃまをしたくはなかったけど、ベルさんの方から手招《てまね》きされた。

「おーい、エディ！　ちょっとこっちへ来ないか！」

「おはようございます」

「おはよう！　こんなにすばらしい朝の湖を見たことがあるかい？」

ぼくは黒々とした湖に目をやり、何か見落としてることがないかたしかめた。

「そうですね、本当にすばらしい朝ですね」

「で、調子はどうだい？　その顔つきからすると、何か悩《なや》みをかかえていそうだが」

顔でわかるものなんだ。知らなかった。

「ベルさんは、自然がまちがうことってあると思いますか？」

ベルさんがぱっと体を起こした。まるでぼくに棒《ぼう》でつつかれでもしたかのように、ギョッとしたような顔をしている。

「自然がまちがうだって？　こいつはたまげた。ついこのあいだは、地球の丸さを測《はか》っていたかと思えば、今日は自然の可能性《かのうせい》について考えているんだからな。若《わか》いのに、たいした哲学者《てつがくしゃ》だよ、きみは」

「ありがとうございます」

どうして哲学者《てつがくしゃ》と呼《よ》ばれたのかわからないけど、まあいいや。

ベルさんはあごひげに手を当てた。考えているのだ。まだ顔がおどろいたままだ。

「自然がまちがうか？　そうだな、それは、神はまちがうかとたずねるようなものじゃないかね。その答えだが、わたしとしてはノーと言うほかない。神はまちがったりしない。ということは、自然もまちがうことはない。それが結論《けつろん》ということになるな」

ベルさんは眉間《みけん》にしわを寄《よ》せた。「だけど、きみがこんな質問《しつもん》をするからには、ただの思いつきじゃなく、何かよっぽどの理由があってのことなんだろう。どうしてそんなことを知りたいんだね？」

ぼくはうつむいて答えた。

「それは、自然がまちがってぼくを作ったんじゃないかと思うからです。ぼく、算数は得意だし、自分では頭がよく回る方だと思ってます。でも読み書きとなると、とにかくだめで。単語を見ただけで、頭の上にまるで牛がのっかったみたいに感じるんです。何か手ちがいがあったとしか思えません」

ベルさんは目を細めてぼくを見た。

「そう、きみは、なかなかに頭がいい。それはわたしにだってわかる。何があったのか話してごらん」

そこでぼくは数を書く練習をしたときのことを話した。ベルさんはまるで、惑星《わくせい》の公転についての説明でも聞くかのように、注意深く耳を傾《かたむ》けた。ぼくの話が終わってもしばらくのあいだ、ベルさんはだまったままだった。考えているのだ。そしてついに口を開くとこう聞いた。

「アルファベットは何文字ある？」

「26文字です」

「26の半分は？」

「13です」

「13の半分は？」

「6と1／2です」

「では、その半分は？」

「ええと……3と1／4です」

「よし。じゃあ3と1／4を100倍すると？」

考えるのにちょっと時間が必要だった。ベルさんは待っているあいだ、上着のポケットから小さなメモ帳を取り出し、何かを書きつけた。いつかの、あのえんぴつだ。

「325だと思います」

「そのとおり！　じゃあ、〝ボート（舟《ふね》）〟のスペルは？」

ぼくは息を深く吸《す》った。発音からすると「b《ビー》」で始まるのはまずまちがいない。それにおそらく終わりは「d《ディー》」か「t《ティー》」、どっちとまでは言えないけど。残りは、あいだに聞こえる「o《オー》」という音だけだ。

「〝b《ビー》-o《オー》-d《ディー》〟ですか？」

ベルさんは顔を横に向けたまま答えない。

「じゃあ、〝レイク（湖）〟のスペルはどうだ？」

やさしい言葉でよかった。

「〝l《エル》-a《エイ》-k《ケイ》〟だと思います」

ベルさんはあごひげをなでた。

「ふうむ。では、〝ドリーム（夢《ゆめ》）〟は？」

ぼくは目を閉《と》じて考えた。「e《イー》」の音が聞こえるし、最後は「m《エム》」がくるはずだ。だけど最初の文字がわからない。

「はじめは〝j《ジェイ》〟ですか？」

ベルさんが首を横にふる。

「すみません。わかりません」

ベルさんは難《むずか》しい顔をしている。今度はかなり考えこんでいる。

「よし、別のことをやってみよう。今から言う数字を覚えてみてくれ」

「わかりました」

「13、26、39、45、56。よし、もう一度言うぞ」

ベルさんは数字をくり返した。ぼくは目を閉《と》じ意識《いしき》を集中させた。

「じゃあ、数字を言う前に、次の文字を覚えるんだ。〝d《ディー》‐r《アール》‐e《イー》‐a《エイ》‐m《エム》（ドリーム）〟、もう一度言うぞ」

ベルさんがくり返す。

「よし。じゃあ、数字の方は何だったかな？」

「13、26、39、45、56」

「すばらしい！　アルファベットの方は？」

ぼくは思い出そうと、一生懸命《いっしょうけんめい》考えた。「ええと……、〝d《ディー》〟……」次は何だったたっけ？　わからない。でも、たしか〝m《エム》〟が入っていたような。「〝m《エム》〟ですか？　あとは覚えていません」

ベルさんは、もじゃもじゃまゆ毛の下からぼくを見つめ、にっこり笑った。「そうか、そういうことなんだな。こいつは考えどころだな」

そのとき、ベルさんのまゆ毛がぴくんと上がり、顔がぱっと輝《かがや》いた。

「このあいだ、また飛行機をだめにしたことは言ったかな？」

「そうなんですか？　それは残念でしたね」

「はっ！　残念なものかね。飛行機がこわれるぐらい、たいしたことじゃない。そもそも物を宙《ちゅう》にうかせられたんだから、まさに奇跡《きせき》だよ。しかも人を一人乗せてだ！　まさに輝《かがや》かしい成功だよ！」

ベルさんはこっちをじっと見つめ、ぼくが何か言うのを待った。でもなんて答えたらいいのかわからない。

「いいか、エディ。先に進もうとする前に、まずはできたことを喜べるようになることだ。そのとびきりの計算力はもちろん喜ぶべきことだ。それに、きみはかしこい。それはまちがいない。しかも〝eight《エイト》〟のスペルを十回中八回まちがえずに書けたことだって喜んでいいんじゃないかね。できたことは喜ぶ、失敗についてはくよくよしない」

ベルさんはそこでいったん言葉を区切ると、あごひげをなで、真剣《しんけん》な表情《ひょうじょう》になった。

「それにだ、失敗っていうのは友だちでもあるんだ」

「え？」今度はぼくが言葉を失う番だった。

「いいかい、われわれは失敗から実に多くのことを学ぶ。たとえば、これではうまくいかないということも学ぶ。すると別の新しいことに挑戦《ちょうせん》してみようという気になる。それどころか、そもそも失敗することがなかったら、挑戦《ちょうせん》だってしなくなる。一生懸命《いっしょうけんめい》がんばることもないだろう」

もはや、ぼくだけにでなく自分自身にも言い聞かせるような口ぶりだ。

「そういうわけだから、……うまくできたことを喜ぶのと同じぐらい、失敗にも感謝《かんしゃ》しなくちゃいけないと、わたしは思うんだ。ちょっとおかしいだろ？」

「はい」

「どうだろう、エディ、次の土曜日の午後、家《うち》に来ないかね？　ある特別な女性《じょせい》が家《うち》に来ることになっていてね、きみにもぜひ会わせたいんだが」

きっとヘレン・ケラーのことだ。

「ぜひうかがわせてください」

「よし決まった！　じゃあ昼ごろにおいで。みんなポーチ（玄関《げんかん》前に張《は》り出した屋根つきのテラス）に出ているから。きみが上がって来るのが見えたら、みんなに紹介《しょうかい》しよう。いいかね？」

「はい。お招《まね》きくださって本当にありがとうございます」

「こちらこそ大かんげいさ。じゃあ、それまでのあいだ、成功したことを喜び、失敗にも感謝《かんしゃ》する、このことを忘《わす》れないように。で、次に会ったとき、成功と失敗、どっちが自分のためになると思ったか教えてくれ」

「わかりました」

「じゃあ、そのときに」

ベルさんは、ぼくの肩《かた》をぎゅっとにぎると背《せ》を向け、岩場を上って森の中へと消えていった。木立《こだち》の影《かげ》の中を歩くベルさんは、熊《くま》のように見えた。

7　ヘレンとの出会い

それから一週間というもの、ぼくは毎晩《まいばん》ベッドに入ってからも、興奮《こうふん》してなかなか寝《ね》つけなかった。ベルさんの、あのベイン・バリーのお屋敷《やしき》に招待《しょうたい》されたのだ。そう思うとわくわくしたけど、いざ行くことを考えると緊張《きんちょう》で胸《むね》がドキドキしてくるのだった。お屋敷《やしき》ではどうふるまえばいいんだろう？　どんなことを言おう？　ばかげたことを言って、みんなに笑われたりしたら？　口を開くのは話しかけられたときだけにしておこう、ぼくはそう心にちかった。夜になると、また同じことを何度も何度も自分に言い聞かせ、心を落ち着かせた。それでもなかなか寝《ね》つけなかった。ベルさんの家に行くことは、父さんや母さんにも言ってなかった。言ったところで、どうせだれも信じないだろうし、それにもしかすると、行っちゃいけないって言われるかもしれない。

ついにその土曜日がやってきた。ぼくは急いでいつもの仕事をすませた。牛にえさをやり、シャベルで肥料《ひりょう》をまき、ニワトリにえさをやって卵《たまご》を集める。次に馬にえさを食べさせ外に出し、納屋《なや》の中をそうじした。昼ごはんを食べていても落ち着かず、じっと座《すわ》っていられなかった。それに気づいた母さんがたずねた。

「エディ、今日は何かあるの？」

「ううん、何も」

「ずっとそわそわしてるけど、だいじょうぶ？」

「うん」

「どこか具合が悪いわけじゃないのね？」

「うん、だいじょうぶだよ」

父さんが目を上げてこっちを見たけど、何も言わない。何を考えているんだろう。

「今からちょっと出かけてもいい？」ぼくはたずねた。

父さんはお茶のカップから目も上げず、カップに口をつけたまま言った。

「仕事はぜんぶすませたのか？」

「はい」

「ねえ、どこ行くの？」弟がたずねる。

「どこでもないよ」

「ぼくも行っていい？」

「だめだ」

「どこかへ出かけるにきまってるわ。デザートも食べないなんて」と姉さんが言った。

ぼくはそもそもデザートがあることも忘《わす》れていた。

「今日はあまりお腹《なか》がすいてないいんだよ」

母さんはぼくのおでこに手を当てて熱がないかみた。

「ちょっと熱っぽいわ。午後は横になって休んでいた方がいいんじゃないかしら」

「そんなことないよ！　だいじょうぶ。なんともないから。ちょっと散歩に出かけるだけだし」

「どこに行こうとしてるか知ってるわ」姉さんが言った。「またベルさんに会えないかと思ってるのよ」

「ぼくも行っていい？」また弟が聞く。

「だめだ！」

ぼくはお皿をカウンターまで運んで置いた。それからフックにかかっていた上着をさっとつかむと、ブーツをはいて外へ出た。

「しんどくなってきたら帰って来るのよ、いいわね！」

「わかったよ、母さん！」

庭を横切り、原っぱに入る。原っぱからは猛《もう》スピードで走った。みんなから見えないところまで来てから後ろをふり返ると、小麦畑越《ご》しに弟が家から出て来るのが見えた。つけてくるだろうということはわかっていた。でもここまで来れば、弟からは見えないはず。ぼくは湖に向かって丘《おか》を下って行った。

二時間近くかかって、ベルさんの家にたどり着いた。遅刻《ちこく》かもしれない。家まで来たのははじめてだったけど、どこにあるのかは知っていた。バデックの人たちはみなそうだ。ベルさんの家はバデックじゅうでいちばん大きいとは聞いていたけど、これほどまでとは思っていなかった。小道を上ってその家を見つけたとき、口があんぐり開いてしまった。村の教会よりも、いちばん大きな納屋《なや》よりも大きかった。高いうえにどっしりとした家で、たくさんある屋根はそれぞれちがった方向に張《は》り出し、数えきれないほど窓《まど》がある。まるで巨大《きょだい》なマッシュルームが地面から生えてきたみたいに、芝《しば》の上にどっかりのっかっている。家のわきには広々としたポーチがあり、人がたくさん集まっていた。笑い声が聞こえてくる。ぼくの体は緊張《きんちょう》でこちこちになった。

ポーチに上がる階段《かいだん》に足をかけたとき、とても感じのいい女の人があいさつしてきた。ベルさんのむすめさんだろうか。その女の人は階段《かいだん》を降《お》りてくると、ぼくに手を差し出した。女の人と握手《あくしゅ》するのは慣《な》れていなかったので、手をちょっと上にのばし指をそっとにぎった。

「あなたがエディね」女の人が言った。

ぼくはうなずいた。

「上がって、みんなのところへ行きましょう」

女の人が手を離《はな》したので、ぼくは後についていて階段《かいだん》を上っていった。ポーチは人でいっぱいで、どっちを向いていいかわからない。ベルさんの姿《すがた》を探《さが》すと、それらしい人が二人いた。一人は立っていて、もう一人はいすに横たわり、ひざに毛布《もうふ》をかけている。どちらもパイプをふかし、白髪《しらが》で、もじゃもじゃのあごひげを生やしている。すると、立っている方の人が、ふり返ってこっちを見た。ベルさんだった。

「おお、エディじゃないか！　ほらこっちへおいで、みんなに紹介《しょうかい》しよう。こちらがわたしの妻《つま》、ミセス・ベルだ」

ベルさんの奥《おく》さんが手を差し出した。ぼくは、階段《かいだん》にいたむすめさんのときと同じようにその手をにぎった。奥《おく》さんが目を細め、にっこり笑った。それはとてもあたたかい笑顔《えがお》で、見た瞬間《しゅんかん》、ベルさんの笑った顔が思い出された。ミセス・ベルには、すごく特別な人といった雰囲気《ふんいき》があり、どこか女王様を思わせた。

「こんにちは、エディ。お会いすることができて、とてもうれしいわ。将来《しょうらい》がとても楽しみな方とうかがってます。夫には、すばらしい人をまわりに引《ひ》き寄《よ》せる才能《さいのう》があるのね」

「ありがとうございます、ミセス・ベル。それからお招《まね》きいただき、本当にありがとうございます」

奥《おく》さんはそっと首をかしげてほほ笑《え》んだ。うっとりするような笑顔《えがお》で、目がきらきらと輝《かがや》いている。それはベルさんの目も同じだけど、奥《おく》さんの目は小ぶりだった。

「来てくれてありがとう」

「それから、こちらがわたしの父、かの高名なミスター・ベルだ」

ベルさんが景気よく言った。きっと年をとったお父さんにも聞こえるよう、声を大きくしているのだろう。ベルさんのお父さんはパイプを口にくわえると、手をのばしてぼくの手をにぎり、「よく来たね」と短く言った。その手はベルさんと比《くら》べると弱々しくて年齢《ねんれい》を感じさせた。それに少し小さめだった。

次にベルさんから、さっき会ったむすめさん以外のお嬢《じょう》さんたちと、そのお嬢《じょう》さんたちのむすめさん何人かを紹介《しょうかい》されたけど、みなとてもかわいらしい人たちだった。

その次はケイシー・ボールドウィン（フレデリック・ウォーカー・ボールドウィン）さんとダグラス・マカーディ（ジョン・アレクサンダー・ダグラス・マカーディ）さんで、二人ともやっぱり感じがよく、しかもすごくかしこそうだった。ほかにも何人か紹介《しょうかい》してもらったけど、多すぎて名前までは覚えられなかった。ヘレン・ケラーはどこにいるんだろう。ひょっとして家の中かな。こんなにたくさんの人がいては、動揺《どうよう》してしまうのかもしれない。

「どうだね、エディ。こんなにすばらしい午後のひとときがあるかね？」

ベルさんが言った。そうか、ベルさんにしたらきっと、今日という日はいつも前の日よりすばらしく見えるのだ。

「そうですね」

「ほら、名物のナナのレモネードを一杯《いっぱい》どうだい」とお手伝いさんが持って回っているトレイを指さした。「これでひととおりみんなに紹介《しょうかい》したかな？」

「あの……、ヘレン・ケラーさんがまだなのですが」

「おや？　もう会っているじゃないか」

「え？」

「ほらさっき、階段《かいだん》のところできみにあいさつを。おっと、うわさをすれば、そのヘレンだ」ふり返ると後ろには、最初に階段《かいだん》のところで会った女の人がにこにこ笑って立っていた。

「ねえエディ、あなたのこと話して聞かせて」

ヘレンの手がさっとのびて、ぼくの口にふれた。

8 習うより慣《な》れろ

ヘレンの手が、ぼくのくちびるを軽く押《お》し、ぼくがしゃべったことを、指で読み取ってゆく。とそのとき、ぼくは、はっとした。かしこさとはどういうものなのか、とつぜんわかったのだ。ちょうど、生まれてはじめて湖に飛びこみ、水とはどういうものか、身をもって知ったときのように。かしこさとは強い欲求《よっきゅう》のようなものなのだ。そっとやさしくふれてはいても、その指からはヘレンのなんとかして知りたいという、ひたむきで強い想《おも》いがひしひしと伝わってくる。この、ぜったいにわかってやるという強い想《おも》いこそが、かしこさの正体だ。だからヘレンは目や耳が使えなくても、見聞きすることができる。知りたいという想《おも》いがこんなにも強く、固い決意があるから、やりたいと思っ

たことがなんでもできるのだ。これが、かしこさの持つ力だ。しかもその力がヘレンにはあふれていた。これまで教わったどんなことよりためになった。ほんの一時《いっとき》ヘレンにふれただけで、ぼくは学校で習う以上のことを学んだ。

ぼくは何を話していいかわからなかったので、とりあえず名前と年、そしてどこに住んでいるかを伝えた。

「それから？　もっと教えて」

そこでぼくは、読み書きができなくて困《こま》っていることを話した。ほかの人がいる前だったけど、気にしなかった。ヘレンと話せるなんてすごいことだし、それにヘレンならわかってくれそうな気がしたのだ。実際《じっさい》そのとおりだった。

「〝i《アイ》〟は〝c《シー》〟のない〝e《イー》〟の前。こんな感じで、ライム（音の響《ひび》きが同じ言葉を並《なら》べた唄《うた》）を口ずさんで、スペルを覚えると楽しいわよ。エディもやってみたら、覚えやすくなるわよ」

「〝i《アイ》〟は〝e《イー》〟の前？」

「そうよ。一つの単語に〝i《アイ》〟と〝e《イー》〟が入っている場合、〝i《アイ》〟はいつも〝e《イー》〟の前にくるの。例外はそのすぐ前に〝c《シー》〟があるとき。たとえば〝chief《チーフ》（長）〟っていう単語には〝i《アイ》〟と〝e《イー》〟が入っているけど、原則《げんそく》どおりだから〝i《アイ》〟の方が〝e《イー》〟より前。〝thief《スイーフ》（どろぼう）〟の場合も同じね。でも〝receive《レシーブ》（受け取る）〟の場合、〝i《アイ》〟と〝e《イー》〟のすぐ前に〝c《シー》〟があるから〝i《アイ》〟ではなく〝e《イー》〟の方が先になるの。わかる?」

ぼくは頭をフル回転させてみたけど、考えることが多すぎるうえ、説明が速すぎる。

「練習がいりそうです」

「そりゃそうだわ！　習うより慣《な》れろですもの！　はじめて何かを習うのは、だれかに一度だけ会うようなものよ。でも練習すると、その人と仲良くなれるの。天と地ぐらい、ぜんぜんちがうわ」

「天」という言葉を口にしたときのヘレンは、まるでメリーゴーラウンドで回っているかのように楽しげだった。

「覚えられない単語を言ってみて」

「〝eight《エイト》（8）〟です」

「ああ、なるほど。〝g《ジー》〟と〝h《エイチ》〟ね?」

「はい」

「何かに挑戦《ちょうせん》するのって好き?」

「挑戦《ちょうせん》？」

「そう、友だちと競争するのって楽しい？」

「まあ、勝てるときは」

「じゃあ、わたしと競争よ。〝g《ジー》〟と〝h《エイチ》〟の入ったライムを考えるの。ヒントはね、アルファベットの順番と同じで〝g《ジー》〟はいつも〝h《エイチ》〟の前にくる、よ」

「〝g《ジー》〟はいつも〝h《エイチ》〟の前？」

「そうよ。あなたのライム、早く聞いてみたいわ」

ヘレンの手が口から離《はな》れた。その瞬間《しゅんかん》、会話のあいだ、そこにあった景色《けしき》も音もふっと消えた。つながりが切れた今、そこにはもう何もなかった。まるでヘレンは別の世界に入ってしまったかのようだった。ヘレンは親しみをこめてぼくの肩《かた》をぎゅっとにぎると、くるっと向きを変え、ポーチの向こうへと歩いて行った。ちょうどかべにぶつかる手前で、手をかべにのばす。そして転ぶことなく階段《かいだん》の方まで歩いて行くと、手をのばしてベルさんのお父さんの肩《かた》にさわってから、家の中へと入って行った。ぼくの作るライムが楽しみって本当かな。そんな口ぶりだったけど。

お手伝いさんの一人がぼくにレモネードのグラスを手渡《てわた》してくれた。もう一人がクッキーを一枚《いちまい》、お皿から取ってくれた。ぼくは階段《かいだん》にこしを下ろし、クッキーを食べたりレモネードをすすったりしながら、ベルさんの方を見てにっこり笑った。ベルさんは、ぼくに笑顔《えがお》を返しながらも、お父さんの話に聞き耳を立てている。階段《かいだん》のそばではミツバチたちがブンブン羽音《はおと》をたてて飛び、小鳥たちがポーチを出たり入ったりしている。そのかたわらでは人々が午後のあたたかな日ざしを浴びながら、笑い声をたてておしゃべりに花をさかせている。この感じのいい素敵《すてき》な人たちと、ここにこうしているだけで、これまで味わったことのない特別な気持ちになれた。

レモネードのそばを飛び回るミツバチを見つめながら、ぼくは〝bee《ビー》（ミツバチ）〟の音と〝g《ジー》〟の音が似《に》ているのを利用してライムにできないか考えた。もし〝h《エイチ》〟の音に似《に》た単語が見つかれば、ライムが作れるかもしれない。さんざん考えてみたけど〝h《エイチ》〟の音に近い単語は一つも思いうかばなかった。それでも発音からすると、〝honey《ハニー》（はちみつ）〟が〝h《エイチ》〟で始まりそうだということに気づいた。ヘレンはたしか、アルファベットの順番と同じで、〝g《ジー》〟がいつも〝h《エイチ》〟の前にくるって言ってたっけ。ええとそれに、ミツバチは、はちみつの前だ。だってミツバチがいてはじめてはちみつが作れるんだから。そうすると……「〝bee《ビー》（ミツバチ）〟が〝honey《ハニー》（はちみつ）〟の前にくるように、〝g《ジー》〟は〝h《エイチ》〟の前にくる」だ。ちゃんとしたライムになっていないのはわかっている。それでも自分なりに、かなりいい線までいったと思った。早くヘレンに聞いてもらいたいな。

ヘレンが家から出て来ると、ぼくは階段《かいだん》から立ち上がり、レモネードのグラスを手すりに置いて、ヘレンがこっちに来るのを待った。ヘレンを見ているとおもしろい。ヘレンは、家に入ったときとは逆《ぎゃく》の手順で、あみ戸を押《お》し開《あ》けポーチに出て来た。それからベルさんのお父さんのところまで行って肩《かた》にさわろうとしたけど、今回、ベルさんのお父さんはさっきとは逆《ぎゃく》の側に寄《よ》って新聞を読んでいたので、ヘレンは肩《かた》ではなく宙《ちゅう》をつかむことになり、その手はそのまますにさわった。ヘレンは一瞬《いっしゅん》顔をしかめたけど、またすぐ笑顔《えがお》にもどった。ぼくは、今のをほかに見ていた人がいなかったかと、まわりを見渡《みわた》してみたけど、だれ一人気づいていなかった。ヘレンはポーチを横切りぼくのところまでやって来ると、さっきのように手すりをつかもうとした。ところがその手は、ぼくがさっき置いたレモネードのグラスに当たり、グラスは音をたてずに芝生《しばふ》に落ちた。自分がグラスを落としたことにヘレンは気づいているんだろうか。ほかに見ていた人はやっぱりいなかった。ヘレンのもう一方の手には、紙が一枚《いちまい》にぎられていた。なんだか少し興奮《こうふん》しているように見える。

「エディ？」

ヘレンが手を前に差し出した。ぼくはヘレンの方に近づいた。おでこにヘレンの指がふれ、その指が急いでぼくの口を探《さが》す。

「はい、ぼくです」

「エディが練習できるように、〝g《ジー》〟と〝h《エイチ》〟の入った単語をいくつか書いてみたの」

そう言うとヘレンは手に持っていた紙を渡《わた》した。ぼくは受け取った紙に目をこらした。そこには、字の書き方を習ったばかりの人が書くような大きな文字が並《なら》んでいた。

でもその字はきちんとそろっていて、ぼくが書く字よりずっとうまかった。

「まず、〝freight《フレイト》（貨物）〟。それに〝weight《ウェイト》（重さ）〟、〝night《ナイト》（夜）〟、〝flight《フライト》（飛行）〟、〝plough《プラウ》（鋤《すき》）〟、〝bough《バウ》（枝《えだ》）〟、〝right《ライト》（右）〟、〝fight《ファイト》（戦う）〟、〝ought《オート》（義務《ぎむ》）〟、〝fought《フォート》（fight《ファイト》〔戦う〕の過去形《かこけい》）〟、〝mighty《マイティ》（強力な）〟、〝flighty《フライティ》（気まぐれな）〟、〝tight《タイト》（きつい）〟、それに〝sight《サイト》（見ること）〟。ぜんぶで十四個《こ》よ。これだけ覚えたら、もう〝g《ジー》〟と〝h《エイチ》〟のどっちが先だったかぜったいたい忘《わす》れないわ」

ぼくはヘレンを見上げた。これぜんぶぼくが覚えられると本気で思っているんだろうか？　ヘレンはにっこり笑って視線《しせん》を返した。でも実際《じっさい》にぼくが見えているわけじゃない。ヘレンの青い目は何も問題なさそうに見える。そのときは知らなかったけど、それはガラスで作られた目だったのだ。

「ありがとうございます。必ず覚えてみせます」

「ちょっと待って！　これをライムにできないかしら。そしたら行進みたいにリズムよく口ずさめるでしょ。だけどその前にもう一つ加えなきゃ」

ヘレンがさっきの紙に手をのばしてきたので、ぼくは手渡《てわた》した。ヘレンはしゃがんでひざの上に紙を置くと、単語をもう一語、時間をかけて書き足した。さっきの字ほどそろってはいない。だけど……なんてことだろう……ヘレンが書いたのは左手だったのだ！　次にヘレンはまるで行進するみたいに、腕《うで》を大きくふって足を高く上げ、単語を口ずさみ始めた。「フレイト、ウェイト、ナイト、フライト、プラウ、バウ、ライト、ファイト、オート、フォート、マイティ、フライティ、タイト、サイト、そして、tough《タフ》（強い・大変な）！」

ポーチにいるみんなが手拍子《てびょうし》をそえた。でもヘレンはそのようすを見ることも聞くこともできない。

「ところで、さっきのライムはできた？」

「一つ思いついたんですけど……」と、そこでぼくは言葉を切った。手を口に当てていないと、ヘレンにはぼくがしゃべっているということすらわからないのだ。すぐさまヘレンの手がやってきた。

「一つ作るには作ったんですけど、ライムになってないんです」

「で、どんなの？」

「〝bee《ビー》（ミツバチ）〟が〝honey《ハニー》（はちみつ）〟の前にくるように、〝g《ジー》〟は〝h《エイチ》〟の前にくる」

ヘレンの顔にぱっと笑《え》みが広がった。

「すごいわ！　アレック！　ねえ、アレック！　エディが作ったライムを聞いて！」

ベルさんと奥《おく》さんはこちらにやって来ると、ヘレンの横に立ちその手を取った。

「いったいどうしたの？」と奥《おく》さんがたずねる。

ベルさんは奥《おく》さんに手のひらを開かせると、まるで机《つくえ》をコツコツたたくように、その手のひらを指で軽くたたいた。

「よし、いいぞ、エディ、聞かせてくれ」

ぼくは、さっきのライムをくり返した。

「すばらしいじゃないか！　いい先生を見つけたな」

ベルさんはにっこりほほ笑《え》むと、また奥《おく》さんの手のひらを軽くたたいた。そのようすが気になって、どうしてもそっちに目がいってしまう。そんなぼくの表情《ひょうじょう》に気づいたにちがいない。ベルさんがぼくに向かってウインクした。

「そうなんだ、妻《つま》も耳が聞こえないんだ。だけど、くちびるの動きを見れば何を言っているか、ちゃんと読み取れるぞ。ポーチのいちばん端《はし》からでもな」

奥《おく》さんが、さっとぼくの目をのぞきこみ、にっこりほほ笑《え》む。本当に女王様みたいだ。

しばらくすると、ベルさんは集まっている人たちに向かってこう言った。「これからわたしは、ケイシー・ボールドウィン、そしてダグラス・マカーディと共に研究室で急ぎやらねばならないことがあるので失礼しますが、みなさんはこのままここで楽しんでいってください」と。ぼくもそろそろ帰った方がよさそうだ。ぼくはヘレンのところまで行くと、その手にふれた。ヘレンの手が口までのびてくる。ぼくは、いろいろ教えてくれたことへのお礼を伝え、さっきのライムしっかり練習します、とあらためて約束した。ヘレンは両手でぼくの顔を包むと下まで持ってきて、おでこにそっとキスをした。

一見《いっけん》に千語分の力があるとしたら（註《ちゅう》：日本語でいう「百聞《ひゃくぶん》は一見《いっけん》にしかず」に似《に》た

意)、ヘレンの手には千見分《せんけん》の力がある。

9 成功への翼《つばさ》

ぼくはベルさん、ボールドウィンさん、それにマカーディさんといっしょに研究室へと続く小道を歩いた。ボールドウィンさんとマカーディさんはベルさんよりずっと若《わか》い。二人はもっと速く歩きたそうだったけど、ベルさんの歩調に合わせていた。移動《いどう》中もベルさんはパイプをふかし、何か考えこんでいるようだ。しばらくのあいだ、みんなだまったままだった。少したって、マカーディさんが口を開いた。

「飛行機の模型《もけい》を作ってみました」

「ほう?」ベルさんのまゆ毛が上がった。

「でき上がったら、ぼくが乗ってみよう」とボールドウィンさん。

「いや」マカーディさんがにやりと笑って言った。「自分で乗ってみるよ」

「翼《つばさ》は？」ベルさんがたずねる。

「うすく平らにしました。うかび上がるには、こうするよりほかないんです」

まるで、わびるような口調だ。

ベルさんが頭をふる。三人はきっとこの件《けん》についてまえにもずいぶん話し合っている、そんな感じがした。

「そいつは危険《きけん》すぎる。たしかに、うかび上がることはできるかもしれんが、その後もずっとういたままなんだぞ。それに、また地上にもどって来ることも忘《わす》れちゃいかん」

ベルさんのまゆ毛がさらに上がり、それからにっこり笑った。

「その模型《もけい》をお見せしたいのですが」とマカーディさん。

「おお、よしよし。さあ、見ようじゃないか」そう言うベルさんの声は、二人に負けないぐらいはずんでいた。

研究室の入り口の前まで来ると、みんな足を止めた。ベルさんは若《わか》い二人に先に入ってもらうと、ぼくの方に向き直り、くわえていたパイプを取った。（ここでお別れか。残念だけど、そろそろ家《うち》に帰る時間だ）。でもベルさんの口から出たのは、別の言葉だった。

「エディもどうだ！　中であの二人の挑戦家《ちょうせんか》たちが何をしようとしているか、ひとつ見ていくといい」

「はい。ありがとうございます」ぼくは研究室に足をふみ入れた。すごくうれしかった。その模型《もけい》も、この目で見たくてしかたがなかった。

研究室といってもそこは、片側《かたがわ》のかべに窓《まど》が並《なら》んだ大きな倉庫で、真ん中には机《つくえ》と長いすが置かれていた。部屋はそこらじゅう道具だらけで、かべや部屋の角には木材や金《きん》属《ぞく》が立てかけてある。ほかにも車輪や筒《つつ》、巻《ま》いた布《ぬの》、ワイヤー、ガラスのびん、ゴムホース、それに言葉ではうまく説明できないようなありとあらゆる物、不思議な形をした物などがあった。そして長い机《つくえ》の端《はし》に、例の模型《もけい》がのっていた。木製《もくせい》の機体は全長八十センチほどで、ゴム製《せい》の車輪がついている。翼《つばさ》の部分は機体よりさらに長さがあり、キャンバス地でできている。その模型《もけい》を囲むようにして、ボールドウィンさんとマカーディさんが立ち、熱っぽく議論《ぎろん》していた。二人ともエネルギー満々だ。

ベルさんは、模型《もけい》を見る前に、まずパイプのそうじを始めた。そのあいだ、じっと待つマカーディさん。そわそわして落ち着かなさそうだ。ベルさんは、こしをかがめて金《きん》属《ぞく》の缶《かん》にパイプの中身を出すと、細い針金《はりがね》を使って軸《じく》の中をきれいにしてから、新しいたばこの葉をつめて火をつけた。どんなことをしていても、たとえパイプをそうじするあいだであっても、ベルさんは何か考えている。それは顔を見ればわかる。ベルさんがパイプに火をともすようすを見ていたら、マクレアリーのおじさんのことを思い出した。たしかあのとき、パイプに火をつけようとして井戸《いど》に落っことしたんだっけ。

ベルさんは若《わか》い二人より背《せ》が高いうえ、横はばも倍ぐらいある。だから二人のように机《つくえ》のそばに立とうにも、お腹《なか》がじゃまして近づくことができない。若《わか》い二人は身を前に乗り出しては好きなときに模型《もけい》をいじっている。マカーディさんが、なぜ飛行機の翼《つばさ》をここまでうすくする必要があるのかを説明するあいだ、ベルさんはただじっと立って説明に耳を傾《かたむ》けていた。マカーディさんによれば飛行中の方向転換《ほうこうてんかん》が楽で、しかも製作《せいさく》しやすいのはこの形しかないのだという。

「しかも大量に生産できます。ヘンリー・フォードの自動車や、トーマス・エジソンの蓄音機《ちくおんき》みたいに」マカーディさんが興奮《こうふん》ぎみに言った。

トーマス・エジソンの名前が出るとベルさんは顔をしかめた。マカーディさんが言い足す。

「もしくは、電話機みたいに」

ベルさんのまゆ毛が片方《かたほう》ぴくっと上がった。目は模型《もけい》をじっと見すえ、口を閉《と》ざしたままだ。

「ライト兄弟《きょうだい》の飛行機に使われている翼《つばさ》によく似《に》ています」とマカーディさんが言った。

ベルさんがくわえていたパイプを外した。

「ああ、そうだな。だがその飛行機が飛んだところを、われわれはまだ見ていない」

そう言ってボールドウィンさんの方を見た。

「ケイシー、きみはどう思うかね？」

ボールドウィンさんが肩《かた》をすくめる。

「さあどうでしょう。とにかく実物大を見てみたいですね。さぞかっこいいだろうな」

次にベルさんはぼくの方を見た。

「きみはどう思う、エディ？」

質問《しつもん》をふられて、ぼくはびっくりした。なんて答えたらいいんだろう。ベルさんの意見に賛成《さんせい》ですって言いたいところだけど、マカーディさんに、あんな期待のこもった目で見つめられたら、マカーディさんの味方もしたくなる。

「よくわかりません。もしぼくが飛行機で空中にうかんだとしたら、たぶん次に知りたいのは無事に地上にもどれるかってことです。でもぼくも、あの見た目はすごくかっこいいと思います」

ベルさんの顔に笑《え》みが広がる。

「ということは二対二で同点だな」

マカーディさんがため息をついた。それから模型《もけい》に手をのばして持ち上げると、ベルさんの近くに運んだ。それから片方《かたほう》の手を使って、飛行機に向かって吹《ふ》く風の流れを作ってみせた。

「空気の流れはこんな感じです。すると翼《つばさ》のここに当たって、機体はこのように一気に持ち上がります」そう言って、模型《もけい》を持ち上げた。

「次に旋回《せんかい》したい場合ですが、こうやって機体をちょっと傾《かたむ》けるだけで、ぐるっと回ります」

ベルさんの顔がいよいよ真剣《しんけん》になった。「翼《つばさ》を四面体状《しめんたいじょう》（註《ちゅう》：四つの三角形で囲まれた立体の形、三角すいなど）に組むんだ。それなら頑丈《がんじょう》だし、重くもならない」

マカーディさんがまた、ため息をついた。何か言いたいことをがまんしている感じだ。

「四面体組みは、飛ぶにはごてごてしすぎです」ボールドウィンさんが言った。

「たしかに強度面は申し分ないですし、着陸場所を選ばないので可能性《かのうせい》も無限《むげん》に広がります。ただ飛ぶときにかさばると思うんです」

マカーディさんが同感だというようにうなずいた。ベルさんの意見に反対するなんてびっくりだ。そんなことだれにもできないと思っていた。ベルさんが、またまゆ毛を上げて、ぼくの方をちらっと見たけど、四面体組みがなんのことかわからないから答えようがない。そこでぼくは肩《かた》をすくめてみせた。

「多数決でわたしの負けのようだ」

ベルさんは、なおも模型《もけい》にじっと見入っている。

「作らせてください。そうすればわかっていただけると思います」とマカーディさん。

ベルさんがうなずいた。

「そうだな、そのとおりだ。どんなものになるか、ひとつ見てみようじゃないか」

マカーディさんが笑顔《えがお》になる。

「できあがったら、ぼくが乗るよ」

ボールドウィンさんが言った。

マカーディさんが顔をしかめた。ぼくの友だちがよくやる顔と同じだ。親しみをこめながらも、「ノー」と伝えたいときの顔だ。ベルさんが部屋の反対側へ移動《いどう》したのでぼくも後につづいた。ベルさんは何かを探《さが》すように、メモ帳をめくりだした。窓《まど》の外が暗くなってきた。そろそろ帰らなくちゃ。マカーディさんとボールドウィンさんはまだ模型《もけい》のわきに立っている。そのマカーディさんの方をあごで示《しめ》しながら、ベルさんが言った。

「ドギー（ダグラス・マカーディのこと）がここへはじめて来たのも、きみぐらいのときだったよ。それが今ではあのとおり、一人前の発明家だ」

白いふさふさのまゆ毛の下にある目が、ぼくを見つめる。

「ところでエディ、きみの答えは出たかね。成功と失敗のどっちがためになるか」

あのときの質問《しつもん》をちゃんと覚えていたことにぼくはおどろいた。

「はい」

「で、どっちだと思う？」

ベルさんの目が、消えそうなぐらい細くなる。ぼくの答えにそんなに興味があるんだ。でもぼくには、そもそも成功と言えるような体験自体まだない。そのことを、どう言えばわかってもらえるだろう？　これまででいちばんよかった体験といったら、今ここでこうしてベルさんやボールドウィンさん、マカーディさんといっしょにいること

だ。でもそれは言わないでおこう。

「失敗の方です」

「その理由は？」

「失敗すると、もっとがんばります。がんばっていると自分が強くなった気がします」

本当にそうだった。

ベルさんが考えるようにうなずく。「たしかにそうだが」何やら難《むずか》しいことを言おうとしている、そんな顔だ。

「だがな、エディ、例外についても知っておいた方がいい」

「例外？」

「そうだ。法則《ほうそく》には例外がつきものだ。いまいましいことだが、それも自然のうちなんだろう。たとえば、さっきヘレンが言っていた、〝i《アイ》〟は〝c《シー》〟のない〝e《イー》〟の前という、スペルの決まりだがね」

ぼくとヘレンの会話、ずっと聞いてたんだ。

「はい」

「あれはなかなかいい。だいたいの単語に当てはまる。だが、〝eight《エイト》（8）〟のスペルはどうだ？」

ぼくは目をつぶり意識《いしき》を集中させた。まちがえたくなかった。

「e《イー》－i《アイ》－g《ジー》－h《エイチ》－t《ティ》です」

「そのとおり！　それで、〝i《アイ》〟と〝e《イー》〟ではどっちが先だ？」

「〝e《イー》〟です」

ベルさんがパイプを吸《す》い、煙《けむり》が顔の前に広がる。ベルさんは目を細め、煙越《けむりご》しにぼくを見て、言ってることがわかったかたしかめた。ぼくはうなずいた。

「例外のよいところは、人に油断《ゆだん》をあたえないことだ。例外があるおかげで、われわれは敏感《びんかん》になる。それはもちろんよいことだ」ベルさんがウインクする。

「じゃあまたな、エディ」そう言うと、ベルさんはぼくの背中《せなか》をポンとたたき、くるりと背《せ》を向けボールドウィンさんたちのいる方へもどって行った。

「ではまた、ベルさん」

「じゃあな、エディ」

ボールドウィンさんとマカーディさんが言った。二人は顔を上げてぼくに手をふると、また下を向いた。二人とも飛行機のことで頭がいっぱいなのだ。ぼくが二人の立場ならやっぱりそうだろう。飛行機の実物をマカーディさんが作り上げるのに、いったいどのぐらい時間がかかるんだろう？

「ではまた」

ぼくは部屋を出ると、そっとドアを閉《し》めた。小道を歩きだしてからも、マカーディさんの声が聞こえていた。翼《つばさ》を平らにする件《けん》で、あいかわらずベルさんを説得しようとがんばっているようだ。小道の終わりまで来ると、ぼくは小さな入《い》り江《え》を回って浜辺《はまべ》にもどった。あたりはもう真っ暗だった。夕食に遅刻《ちこく》だ。

10　例外のない法則《ほうそく》はない

家に着いたとき、父さんは書き物机《づくえ》の前に座《すわ》っていた。父さんは週に一度、こうして遠方に住む人たちに手紙を書く。ぼくにはハリファックス（カナダ・ノバスコシア州の州都）やアメリカのボストンに従妹《いとこ》がいるし、会ったことはないけどスコットランドにも遠い親せきがいる。手紙を書こうと机《つくえ》に向かうときの父さんは真剣《しんけん》そのものだ。四本のろうそくに火を灯《とも》し、机《つくえ》の上の本をどけ、背筋《せすじ》をしゃんとのばしていすにこしかけると、長いこと、ただじっとゆかを見つめている。そういうときの父さんには、だれも声をかけない。母さんでさえだまっている。父さんが遠方に住む人たちにあてて手紙を書くあいだ、家は特別な空気に包まれる。

ぼくが部屋に入ると、母さんは静かにするよう、シーッとしてみせてから、テーブルに用意された食事のお皿を指さした。どうして夕食に遅《おく》れたのかと、母さんが目でたずねる。ぼくは、申《もう》し訳《わけ》なさそうな顔をしてみせ、声には出さず口だけ動かし「散歩でずいぶん遠くまで行ってたんだ」と伝えた。それは本当のことだ。ベルさんの家に行っていたことは、母さんにだまっていたかった。口の動きだけで話していたら、ヘレンのことを思い出した。今日はなんてすごい日だったんだろう。

弟がテーブルで、父さんのまねをして手紙を書いている。手紙を出す相手もいないのに。弟は顔を上げてぼくを見ると、指を口に当ててシーッとした。ぼくは目で「がんばれよ」と伝えた。弟はうつむき、また続きを書きだした。そのうち弟も父さんみたいにうまく書けるようになるだろう。継続《けいぞく》は力なりだ。

二階に上がると、姉さんがベッドに寝転《ねころ》がって本を読んでいた。姉さんはいつ見ても本を読んでいる。ぼくがドアの前を通ると、姉さんが顔を上げた。

「どこ行ってたのよ？」

「べつに」

「ずいぶん長いこと出かけてたわね」

「うん。散歩が好きなんだ」

「歩くのって、そんなにおもしろいかしら」

「ぼくにはおもしろいよ」

「もっと本を読んだ方がいいわよ」

「そうするよ」

「いつ？」

「わからないけど、とにかく読むよ」

ぼくは自分の部屋に入るとベッドにこしかけ、ヘレンにもらった紙を開いて勉強を始めた。紙にはぜんぶで十五個《こ》、単語が並《なら》んでいる。最後の単語、〝tough《タフ》（強い・大変な）〟は、ヘレンがその場でひざを台にして書いたからか、ほかと比《くら》べると字がおどっている。この単語、ヘレンは遊び心のつもりで入れたのかも。たしかにぼくら二人とも、勉強では大変《タフ》な思いをしているからね。きっとヘレンは、ユーモアや笑いが大好きで、楽しいことに目がないのだ。でも、そのがんばりようときたら、おそらく世界一だ。ヘレンは本当に強い《タフ》。

ぼくは紙に並《なら》んだ単語に目をこらした。まるで年とった栗《くり》の木の、でこぼこした木肌《きはだ》でも見ているみたいに字がぼやける。ただの形にしか見えない。でも時間をかけてじっくり見ていると、それぞれに「g《ジー》」と「h《エイチ》」が入っているのがわかった。最後の単語が〝tough《タフ》〟だということはわかっていたので、そこから始めることにした。よく見てみると、おかしなことに気がついた。「f《エフ》」が入っていないのだ。声に出して言ってみる。やっぱり、ちゃんと「フ」という「f《エフ》」の音が聞こえる。ヘレンが書きまちがえたのかな？

ぼくは起き上がり、姉さんの部屋まで行って中をのぞいた。姉さんは本に顔をうずめたまま、「なんの用？」と聞いた。

「〝タフ〟ってどう書く？」

「t《ティ》-o《オー》-u《ユー》-g《ジー》-h《エイチ》よ」

本を読みながらでもちゃんとわかるのだ。

「〝f〟は入ってない？」

「入ってない」

「どうして？」

「そういうことになってるからよ」

「それならどうして、フって発音するの？」

「そういう発音になっているからよ」

わけがわからない。ぼくはため息をついた。

「そうか、ありがとう」

「どういたしまして」

ぼくは自分の部屋にもどると、「tough《タフ》」と十回書いてみた。次にぼくは「ファイト」という単語を探《さが》した。「f《エフ》」が入っているかをたしかめたかったのだ。発音からいくと入っているように聞こえる。「f《エフ》」はやっぱり入っていた。だけど「fight《ファイト》」と「tough《タフ》」とでは「gh《ジーエイチ》」の部分の読みがちがう。というか「fight《ファイト》」の場合、「gh《ジーエイチ》」はまったく発音されない。これが法則《ほうそく》の例外というものなのかもしれない。それなら、もともとの法則《ほうそく》って何だろう？

ぼくはもう一度姉さんの部屋へ行った。

「今度はなに？」

「〝tough《タフ》〟って法則《ほうそく》の例外なの？」

「なんの法則《ほうそく》？」

「わからないけど、何かの法則《ほうそく》の例外？」

「ちがうわ」

ぼくはいよいよわけがわからなくなった。

「なんでまだつっ立ってるの？」

ぼくは大きく息を吸《す》った。

「姉さんは、〝f《エフ》〟がなぜ〝fight《ファイト》〟には入っていて、〝tough《タフ》〟にはないのか知ってる？」

姉さんが本から顔を上げた。でもそれもほんの一秒ほどで、またすぐに下を向いた。

「知らないわ」

「じゃあ、どうやって覚えるの？」

「さあね。ただ覚える、それだけのことよ。自分の年は覚えてる？」

「覚えてるよ。数は覚えられるんだ。覚えられないのは単語のスペルだよ」

姉さんはぼくの方を見て変な顔をし、肩《かた》をすくめた。それからすぐに本にもどった。

ぼくは自分の部屋に帰った。

たのみとなる法則《ほうそく》がなかったり、法則《ほうそく》があってもベルさんが言うようにいつも例外があるのだとしたら、どうやってスペルを覚えろというのだろう？　それに、こっちが法《ほう》則《そく》で、こっちは例外だってどうやったら覚えられるんだ？　それじゃあまるで、木に生えている、似《に》たような葉を一枚一枚《いちまいいちまい》覚えてゆくようなものじゃないか？　そんなの不可《ふか》能《のう》だって、だれか言ってくれたらいいのに。でもおかしいと思ってるのは、どうもぼくだけみたいだ。ほかのみんなは正しいスペルがちゃんと書ける。

ぼくはノートを広げると、もう十回「tough《タフ》」を練習し、続けて「fight《ファイト》」を十回書いた。なぜ「fight《ファイト》」はただ「f－i－t」としちゃいけないんだろう。何かそこに意味でもあるんだろうか？　もしこれが算数だったら、意味があるからそうなっている。そこが算数の好きなところだ。ちゃんとした法則《ほうそく》があって、その法則《ほうそく》には例外なんてない。

ぼくは後ろをふり返って窓《まど》の外を見つめた。単語一つひとつを、法則《ほうそく》なしに覚えていくしかないとしたら大変なことだ。ぼくにはそんなことできっこない。わからないのは、みんなはどうして、そんなことができるのかってことだ。でも実際《じっさい》みんなは覚えている。姉さんも、父さんも、友だちだってそうだ。弟でさえちゃんと覚えていってる。じゃあ、どうしてぼくにはできないんだ？　覚える約束をした単語リストに目を落とす。なんだか胃のあたりがむかむかした。

よく日は日曜日だったので、教会へ行かなければならなかった。教会へ行くのはきらいじゃないけど、正装《せいそう》しなくちゃいけないのがいやだ。以前はぶかぶかだったよそ行きの服も、今ではすっかり小さくなってしまった。それでも着るしかない。肩《かた》をすぼめて手首がそでから出ないようにするけど、ずっとやっていると疲《つか》れる。ズボンのすそは短すぎて、くつに届《とど》かないどころか、くつ下が丸見えだ。母さんは、ちゃんと正装《せいそう》しないなら教会へは連れて行かないと言うけど、教会に行かないわけにはいかない。中に入ってしまえば、父さんのように腕組《うでぐ》みし、ちんちくりんのそでをかくすこともできる。

母さんと弟にはさまれて座《すわ》っていると、とつぜんだれかが大きな声を出した。

「法王さまはどこ？」

あたりが笑いに包まれる。教会にあるまじきことだ。みんながふり返るとフランキー・マシザックが立ち上がっている。フランキーの両親があわててフランキーを席に押《お》しもどした。フランキーは二十歳《はたち》だけど、やることは子どもみたいだ。小さいころに農場で事故《じこ》にあい、今でもしょっちゅう子どもみたいなことをする。単純《たんじゅん》なのさ、みんなはフランキーのことをそう言っていた。前に向き直ろうとしたとき、父さんがじっとぼくのことを見ていることに気づいた。なんだか気まずい。父さんが何を考えているのかわかればいいのに。礼拝《れいはい》が終わり席を立つと、フランキーがぼくに気づいて、上着のそでをぱっとつかんだ。

「やあ、エディ！」

「やあ、フランキー」

「やあ、エディ！　やあ！」

フランキーは、ぼくと話がしたくてたまらないようすだ。ちらっと父さんの方を見ると、父さんは顔をしかめ、首を横にふっている。ぼくはフランキーに背《せ》を向け、父さんについて教会の外に出た。

その夜、ぼくはいやな夢《ゆめ》をみた。夢《ゆめ》の中でぼくは道沿《みちぞ》いの塀《へい》に座《すわ》っていた。ぼくのとなりにはフランキーが座《すわ》り、道行く人々を二人でながめていた。みんなは礼拝用《れいはいよう》にきちんと正装《せいそう》していたけど、ぼくとフランキーはちがった。ぼくはみんなと行こうとするのだけど、フランキーが動きたがらない。

「そろそろ行こうと思うんだけど」

ぼくはフランキーに言った。

「ぼくらはこのままここにいなくちゃいけないいんだよ、エディ」

「いやだよ。ぼく、ここにはいたくない。みんなのところへ行きたいんだ」

「でも、ぼくらにはできない」

「どうして？」

「だってぼくらには足がないからさ、エディ！　二人とも足がないんだよ！」

そう言うとフランキーは、けたたましく笑い出した。下を見るとフランキーの言うとおりだった。足がなかったのだ。

裏口《うらぐち》のドアがバタンと閉《し》まる音でぼくは目が覚めた。家がゆれるぐらいの勢《いきお》いだ。きっと風のせいだろう。しばらくして、父さんが大声で母さんと話しているのが聞こえてきた。何事だろう。ぼくはベッドから飛び起き、服を着がえてキッチンに下りて行った。テーブルの前に母さんが腕組《うでぐ》みして座《すわ》っている。母さんが座《すわ》ることなんてめったにないことだ。しかも、なんだか怒《おこ》っているようだ。戸口には鋤《すき》を手にした父さんが立っていて、ぼくを見るなり言った。

「上着とブーツを持って来い」

「はい、父さん」

「まだこの子、朝ごはんも食べてないのよ、ドナルド」

「長くはかからんさ」

母さんが大きな息をついた。

「それに学校があるわ」

それを聞いた父さんの顔がふっとゆるんだ。悲しげな表情《ひょうじょう》だ。

「メアリー、この子に必要なものを身につけてやらなくては。これがそれなんだ。この子には学校の勉強よりこっちが必要なんだよ」

11 雨の日の仕事

ぼくは上着をつかみブーツをはくと、父さんについて外へ出た。母さんがクッキーを一枚《いちまい》、手ににぎらせてくれた。鋤《すき》をかついだ父さんがおおまたで歩いて行く。ぼくは父さんに遅《おく》れないよう走らなければならなかった。目的の場所に着くまで、父さんはずっとだまったままだった。いつ話しかけられてもいいようにと、ぼくは急いでクッキーを食べた。風が強く吹《ふ》きつける。風はじっとりしめっているけど、まだ雨にはなっていない。問題の土地は、家の裏手《うらて》にのびる丘《おか》の向こうにあった。よく肥《こ》えた畑の反対側にあり、丘《おか》の斜面《しゃめん》から森にかけて広がっている。奥行《おくゆ》きはあまりないものの横に広く、農地の中でそこだけがぽっかりあいたようになっている。つまり役立たずの土地で、父さんの悩《なや》みの種だった。

その土地は、暗いかべのように木々が立ちはだかる森の入り口にかけて、なだらかに広がっていた。風が吹《ふ》くと、いちばん手前の木々が、まるでそばで巨人《きょじん》が足ぶみでもしたのかと思うほど、前後に大きくゆれる。土地としては役に立たなくても、どこか秘密《ひみつ》めいた感じがして、ぼくはこの場所が好きだった。でもここを耕《たがや》すことはできない。すごく大きな石が埋《う》まっているせいだ。大きすぎて動かせないのだ。

着いてみると、おどろいたことに馬たちがいた。二頭並《なら》んで鋤《すき》につながれ、風のなか、頭《こうべ》を垂《た》れて立っている。こんな日は納屋《なや》の中にいたいはずだ。馬は嵐《あらし》がきらいなのだ。そのときぼくははっとした。すでに畝《うね》が三、四本、鋤《すき》でひいてある。きっと夜中のうちから作業を始めていたにちがいない。それにしてもなぜ父さんは、急にこの土地を耕《たがや》す気になったんだろう？　一目見て、畝《うね》が曲がっているのがわかる。石のあるところをよけたのだ。大変な作業だったにちがいない。ぼくは父さんの後について馬たちのところまで行った。馬たちは頭をこちらに向け、びくびくした目で父さんを見た。次にぼくに気づいて頭をふった。ぼくが納屋《なや》へ連れ帰ってくれるんじゃないかと期待しているのだ。

見ると鋤《すき》の刃《は》にひびが入っている。石に当たったのだ。だけど問題の石の方は、姿《すがた》が見えない。父さんがぼくにシャベルを差し出した。

「その石のまわりを掘《ほ》ってくれないか。正確《せいかく》な大きさが知りたいんだ。父さんはひびの入った鋤《すき》を鍛冶屋《かじや》に持って行って、直せそうか聞いてくる」

「わかりました、父さん」

ぼくは馬たちの方を見やった。不安そうにこちらのようすをうかがっている。

「馬はどうします？」

「馬なら心配いらない」

父さんは鋤《すき》を外すと荷車にのせ押《お》していった。風が魔女《まじょ》みたいなうなり声をあげ、木々のあいだを吹《ふ》き抜《ぬ》ける。馬たちが下を向く。父さんは畑の中ほどまで行くと大声で叫《さけ》んだ。

「馬たちを納屋《なや》へもどしておいてくれ」

「わかりました！」

ぼくはシャベルを地面につき立てると、馬の手綱《たづな》を拾い上げた。手綱《たづな》を引っぱって馬たちの向きを変える。馬たちは首をふって、うれしそうについて来た。父さんの姿《すがた》が丘《おか》の向こうに見えなくなっていく。そろそろ太陽がのぼる時間だ。でもその太陽も、今日は見えそうにない。

ぼくは馬たちを納屋《なや》に入れ、えさをやった。馬房《ばぼう》のすみに猫《ねこ》が三匹眠《さんびきねむ》っている。ぼくらが中に入ると頭をもたげたものの動こうとはしない。ということは、もうこの先あたたかい日はないということだ。馬は猫《ねこ》がいても気にしないので、猫《ねこ》は冬のあいだは馬房《ばぼう》で暖《だん》をとる。

小屋の外へ出ると雨が降《ふ》り始めていた。吹《ふ》きつける風で顔がぴりぴりする。顔を下に向けて畑へもどる。朝ごはんを口にしたいところだけど、父さんがもどるまでに石のまわりを掘《ほ》っておく方が先だろう。太陽はすっかりのぼっているはずなのに畑はまだ暗かった。木々が前後にゆれ、雨が強くなってきた。ぼくはびしょぬれになりながらシャベルを手に掘《ほ》り始めた。これをやったらどんな新しいことが身につくというのだろう。土の掘《ほ》り方《かた》ならもう知っている。雨が降《ふ》っている分、土がやわらかくて掘《ほ》りやすいことだけはたしかだった。

石が埋《う》まっている場所までは土の表面から三十センチもなかった。ぼくは石の表面の土をシャベルでどけ、石の底はどこか探《さが》した。ここだ、と思うたび、またかたいものがシャベルに当たる。つまり石はまだ下に続いているということだ。なんて大きな石だ！

さらに掘《ほ》り進めていると、今朝見た夢《ゆめ》がよみがえってきた。足がないだなんて、ああいやだ。でもなぜ夢《ゆめ》にフランキーが出てきたんだろう？　土をどけた石の表面を雨が洗《あら》い流《なが》すおかげで、石はぴかぴか黒光りしている。まるで地中にあった巨大《きょだい》なじゃがいもが石に姿《すがた》を変えたみたいだ。はげしい雨を背中《せなか》に受けながら、ぼくは掘《ほ》り続けた。なぜ父さんは、今日ぼくが学校を休んでもいいと思ったんだろう？　ぼくには勉強は無理だって思ったんだろうか？　ぼくはフランキーと同じだって思ったんだろうか。

ぼくは掘《ほ》って掘《ほ》って掘《ほ》り続けた。どのぐらい時間がたっただろう。お腹《なか》がぐうっと鳴った。そのとき丘《おか》のてっぺんに黒い人影《ひとかげ》が見えた。その人影《ひとかげ》はこの雨のなか、かごを手にこちらへやって来る。母さんだ。ぼくに向かって何かしゃべっている。そばまで来てようやく言っていることが聞こえた。

「お父さんはどこなの？」

ぼくが一人だとわかると、母さんはとまどい、顔をゆがめた。

「父さんなら鋤《すき》を持って鍛冶屋《かじや》へ行ったよ。刃《は》にひびが入ったから」

「こんな雨のなか、あなた一人を働かせたまま？」

「この石のまわりを掘《ほ》るよう言われたんだ」

母さんは足元の石を見ると、いまいましそうに顔をしかめた。こんなに怒《おこ》った顔の母さんを目にしたのははじめてじゃないだろうか。

「急いで終わらせなさい。そしたら家《うち》に帰れるわ。こんな雨のなか、外にいたら病気になってしまうわ。さあ、これを食べて」

「わかった」

母さんは、かごを手渡《てわた》すときも石から目をそらさなかった。まるで土の中にめずらしい生き物でも見つけたかのように。母さんが頭を横にふった。

「こんなこと、大人の男がする仕事だわ。今のうちに早く食べてしまいなさい」

「ありがとう」

母さんはくるりと背《せ》を向けると、そのまま丘《おか》をもどって行った。かごにはバターとジャムをはさんだ、分厚《ぶあつ》いサンドイッチが入っていた。ミルクの入ったびんもある。ぬらさないよう雨に背《せ》を向け、なるべく早くサンドイッチを食べ、ミルクを飲んだ。両手が水ぶくれで痛《いた》かったけど、そのミルクとサンドイッチは今まででいちばんおいしかった。バターとジャムをたっぷりぬっておいてくれたのだ。母さんはベルさん夫妻《ふさい》やヘレン・ケラーみたいな有名人ではないけど、同じぐらいしっかり者だ。こんなことは大人の男がする仕事だと言ってくれてうれしかった。ぼくは下を向き、また掘《ほ》り始めた。

それからどのぐらい掘《ほ》っていただろうか。雨が吹《ふ》きつけ風がびゅうびゅううなるなか、石のきわをたしかめながら、足でシャベルを地面に打ちこんでは土をどけた。そしてついに石のまわりをすっかり掘《ほ》り終えた。穴《あな》はぼくの腰《こし》の深さぐらいあり、ひざまで水がきていた。雨がどろ水となり、穴《あな》にたまっていた。穴《あな》から出るとぼくは立ち上がり、あらわになった石をまじまじと見つめた。すごい、牛ぐらいもある！　かごを取ろうと後ろをふり向くと、父さんのブーツが目に入った。すぐ後ろに立っていたのだ。そうとは知らないぼくは一瞬《いっしゅん》びくっとした。父さんは、ぼくを見てはいなかった。まるで怪物《かいぶつ》が出てきたみたいに、おびえた顔で石をじっと見つめていた。父さんは目を細めて石をにらみつけながら、静かに言った。

「やっぱり母さんの言うことが正しかったんだ。ここを耕《たがや》そうなんて、どうかしてたんだな。わたしは農場の主《あるじ》ではあるかもしれないが、この畑の主《あるじ》はこの石だ。エディ、よくやってくれた。もし行きたければ、これからでも学校へ行ったらいいぞ。ありがとうな」

そう言うと、父さんは背《せ》を向け、家の方へもどって行った。ぼくを待つことなく。

12　数学で石を持ち上げる

学校へは行った方がいいはずだ。だけど父さんは、「もし行きたければ」と言った。つまり行かなくてもいいということだ。それならほかにやってみたいことがあった。

ぼくは家にもどると、家の中には入らず納屋《なや》へ行った。納屋《なや》の中はからっとしていて気持ちがよかった。ぼくは、チェーンやロープ、かっ車がしまってある部屋に入った。チェーンが何本かに、かっ車が三つ、そしてたくさんのロープがある。かっ車は実際《じっさい》に使ったことはないけど、父さんが納屋《なや》で重い物を持ち上げるのに使っているのを見たことはある。ぼくは長いあいだそこに立ったまま、そうした器具をじっと見つめ、頭に計画を思《おも》い描《えが》いた。あの石をぼく一人で動かしてみたい。そのためにはいろいろ調べる必要があったけど、どこへ行けば調べられるかの見当はついていた。でもそれには明日《あす》になるのを待たなくては。

朝になるとぼくは、弟や姉さんの支度《したく》が終わらないうちに家を出て学校へ向かった。教室に入ると、ローレンス先生が机《つくえ》に向かっていた。

「おはよう、エディ。早いわね。いったいどうしたの？」

「おはようございます、先生。ちょっと本で調べたいことがあって」

「あら、そうなの？　えらいわね」

なんだか本気にしていないような口ぶりだ。

「それで、どんな本なの？」

ぼくは本だなを見上げた。

「あれです。『応用数学《おうよう》』の本です」

先生は上を見た。「あの本？　あれは難《むずか》しすぎるわ。あなたが読むような本じゃないの」

「見てみてもいいですか？」

「だめよ、あれはちょっと……いいわ、じゃあ見てごらんなさい」

先生は本だなのところまで行くと背《せ》のびをし、たなから本を引きぬいた。本といっしょにほこりの塊《かたまり》もついてきた。先生はぼくに本を手渡《てわた》すとくしゃみをした。

ぼくは本を机《つくえ》の上に置いた。なんて重たい本だ！　さっそく本を開いてページをめくると、たくさんの絵が出てきた。角材《かくざい》や三角材《さんかくざい》で大きなものを作っている人、車輪に重い物をのせて運んでいる人、ロープやかっ車を使って物を持ち上げている人の絵もある。先生が本のタイトルを大きな声で読み上げた。

「『応用《おうよう》数学の基礎《きそ》』。エディ、これがあなたの探《さが》している本だとは、とても思えないわ。何か別の、もっとわかりやすい本じゃないのかしら」

さらにページをめくっていると、ついに探《さが》していた絵が出てきた。「pulleys《プーリーズ》（かっ車)」、単語は読めなくても、見た目でかっ車だとわかる。

「エディ、あのね――」

「ありました!」ぼくはさらにページをめくった。

「エディ」

「あと……、もう少しだ……」

「エディ。この本はあなたにはまだ理解《りかい》できないわ。聞いてる?」

「ほらここです。ちゃんとあります、先生」

先生は信じられないといった目でぼくを見た。

「この本、二、三日だけお借りできませんか? 必ずお返ししますから」

「だめよ、エディ。この本はとにかくあなたには難《むずか》しすぎるの。悪いけど」

先生はそう言うと本を取り上げ、もとあった場所にもどし始めた。

「読むのは、父さんです」

「あなたのお父さま?」

「はい」

「まあ、そうなの。だったらそう言えばいいのに。さあ、どうぞ。忘《わす》れずにもどしておいてね」

「はい。あっ、それから明日《あす》は学校に来られません。父さんの手伝いがあるので」

先生はうなずいた。今度は納得《なっとく》しているようすだ。本当のことをだまっているのは、ちょっと悪い気がしたけど、父さんを手伝うというのは事実だし、まるっきりうそというわけじゃない。

放課後、弟と姉さんが下校するのを待って、ぼくは本を持って家に帰った。本を納屋《なや》へ持って行き、ロープの後ろの台の上に置く。それから家に入って服を着がえると、台所のテーブルに座《すわ》ってクッキーを食べ、ミルクを飲んだ。ぼくが何かやろうとしていることに気づいた弟は、ぼくの動きをいちいち見張《みは》り、納屋《なや》へそうじをしに行くときも、ぼくの後からついて来た。だけど、ぼくがゆかをはいたり、馬のふんを始末したりするのを、ただつっ立って見ているのにも、そのうち飽《あ》きてきた。そこへぼくが、鶏《とり》小屋のそうじをするんじゃなかったのか、と言うと、弟はとうとう出て行き、ようやくぼくは本を広げることができた。もしあいつが、ぼくにとやかく言うのをやめたら、計画を教えてやってもよかったんだけど。あれじゃあ、どこかに行ってほしいと思うのも当然だ。それにだれかに計画をしゃべられても困《こま》る。

本を開くと、かっ車の絵がのっているページを探《さが》した。絵には人がロープを引く方向と、大きな箱が地面から持ち上がる向きが矢印で示《しめ》されている。かっ車は、単純《たんじゅん》なものから少し複雑《ふくざつ》なものまでのっていた。絵があるので、ロープをどうセットすればいいかよくわかる。それぞれちがう方向を指した矢印がたくさんあって、ちょっとわかりにくい。それでもよく見ているうちに、だんだんわかるようになってきた。字も書いてはあるけど、もちろんぼくには読めない。でもそれがなんだ。絵を見てわかるのなら、それで十分じゃないか？　まあ自信はないけど。何が書かれているのかわからなくて、少し落ち着かない。もし、絵にはない、すごく大事なことが字で説明されていたらどうする？　作業に入る前に、なんて書かれているかわかるといいんだけど。

夕食の後、本をこっそり自分の部屋へ持って上がろうとしたら、姉さんに見られてしまった。

「何それ？　地図の本？」

「ううん、数学の本」

「数学の本には見えないわ。大きすぎるし」

「応用《おうよう》数学なんだ」

「うそでしょ？」

「うそじゃない。ぼく、数学が好きなんだ」

「もっと本を読んだ方がいいとは言ったけど、それはちゃんとした本のことで、数学の本のことじゃないのよ」

「これだって、りっぱな本さ」

「ちがうわ」姉さんは顔をしかめると、自分の本に顔をうずめた。ぼくは自分の部屋に行き、ベッドに横になって本を広げた。ページのいちばん上に、「Archimedes」という言葉がある。なんのことだろう？　ぼくは知りたくて姉さんの部屋をのぞいた。

「ねえ、〝A《エー》-r《アール》-c《シー》-h《エイチ》-i《アイ》-m《エム》-e《イー》-d《ディー》-e《イー》-s《エス》〟ってなんのことかわかる？」

「場所の名前じゃないの」

「ちがうと思う。辞書は持ってる？」

「わたしに辞書は必要ないの」

そういえば父さんが辞書を持っていたはずだ。辞書は父さんが大事にしているほかの本といっしょに、本だなに並《なら》んでいる。そこにある本には、父さん以外だれも手をふれない。でもほんの二、三時間借りるだけなら、それもすごくていねいにあつかえば、だれも気づかないだろう。というわけでそうすることにした。足音をしのばせそっと階段《かいだん》を下り、本だなから辞書を引きぬくとセーターの下に押《お》しこんで、自分の部屋へともどった。

辞書のすばらしいところは、ぜんぶアルファベット順になっていることだ。ひくのにどれだけ時間がかかろうと関係ない。根気があれば、どんな言葉だって見つかる。時間はかかったけど、「Archimedes」という単語はちゃんと見つかった。「Archimedes. Ancient Greek mathematician. Born in 287 BC.」よし、いいぞ。でも、いったいどんなことが書かれているんだろう？　ええと、「mathematician《マスマティシャン》」という言葉のmath《マス》の部分はわかるぞ。次に「ancient《エインシェント》」という単語を調べ、それが古いという意味だとわかった。「BC」が「Before Christ《ビフォアー　クリスト》（キリストが生まれる前）」の意味だってことは知ってる。つまりすごく昔ってことだ。次に「born《ボーン》」という単語を見つめ、何を言おうとしているのか考えた。と、とつぜん、「Archimedes」がなんのことかひらめいた。これは物じゃない、人のことだ。この人がかっ車の法則《ほうそく》なんかを発明したんだ。前にローレンス先生が読んでくれた本に書かれていた人だ。そうか！　わかったぞ。ぼくはまた本にもどり、のっている絵をじっくり見ていった。いい気分だった。

時間をかけてていねいに調べたうえ、ほかにも辞書をひかなくてはいけない単語があったりして、なかなか先へ進めずくたびれたけど、寝《ね》るころにはかっ車の仕組みがほぼわかるようになっていた。つけるかっ車の数を増《ふ》やすたび、ロープを引っぱるのに必要な人の力は半分になる。重さが二倍ある石を持ち上げようと思ったら、ロープに通すかっ車をもう一つ足すのだ。その気になれば、ものすごく重たいものだって持ち上げられる。実際《じっさい》、必要な数だけのかっ車と、ものすごくじょうぶなロープを使えば、たぶん家だって持ち上げられるだろう。

でもいくつか問題もある。まず、かっ車を一つ加えるたび、倍の長さのロープが必要になること。二つ目は摩擦《まさつ》だ。かっ車の中にある小さな車輪が回転をスムーズにしてくれるけど、かっ車の数を増《ふ》やせば増《ふ》やすほど、ロープにかかる摩擦《まさつ》もその分大きくなって危険《きけん》だ。最初、「friction《フリクション》（摩擦《まさつ》）」という言葉の意味がわからず、仕方なく辞書で調べてみたもののさっぱりわからなかった。ここを理解《りかい》するのにいちばん時間をとられた。絵を見ると、かっ車と、危険《きけん》を示《しめ》すマークからそれぞれ矢印が出ていて、「friction《フリクション》」という言葉を指している。辞書をひこうにも、もうくたくたで、じれったくてイライラした。しかも書いてあることがわからない。そこでぼくは姉さんの部屋に行って聞くことにした。姉さんはぼくの腕《うで》を取ると、勢《いきお》いよくごしごしこすり始めた。腕《うで》が熱くなってひりひりする。思わず腕《うで》を引っこめると、姉さんがぼくを見上げて言った。

「今のが〝friction《フリクション》（摩擦《まさつ》）〟よ。わかったら、もう寝《ね》なさい」

これでわかった。こすれたりして摩擦《まさつ》が大きくなると、ロープが熱くなりすぎて切れてしまうのだ。

もし絵の助けがなかったら、何一つわからないままだっただろう。でもちゃんとわかった。よし、これで準備《じゅんび》はととのった。だけど実際《じっさい》やるには、かっ車とロープがもう少し必要だ。そしてぼくが思いつくかぎり、借りられそうなあてはただ一つ、丘《おか》のふもとのマクレアリーさんの家だった。

13　畑の主《あるじ》はアルキメデス

本で調べるのは、石のまわりを掘《ほ》るよりはるかに大変だった。ぼくはくたびれて、服のまま眠《ねむ》ってしまった。だから、朝目が覚めたときも服を着たままで、しかも寝坊《ねぼう》していた。台所から母さんが呼《よ》んでいる。

「エディ、早くしなさい！　遅刻《ちこく》するわよ！　姉さんたちはもうとっくに出たわよ！」

ベッドからはい出したものの、まだ完全には目が覚めていなくて頭がもうろうとする。下に降《お》りて顔を洗《あら》うと、テーブルに座《すわ》ってポリッジ（麦のおかゆ）を食べた。母さんが心配そうな顔でぼくを見る。

「エディ、何かあったの？　このごろようすが変よ」

「そう？」

「そうよ。寝過《ねす》ごすなんてあなたらしくないわ。昨日《きのう》は早くから学校へ行ったかと思えば、今日はなかなか起きてこないし。さあ急いで行ってらっしゃい」

「わかった。父さんはどこ？」

「薪《まき》を割《わ》ってるわ。暗くなるまでもどらないでしょうよ。さ、急いで。こんなにもたもたしてるあなたを見るのははじめてよ」

「わかった」

ぼくはポリッジを平らげると上着とブーツを取り、丘《おか》を下ってマクレアリーさんの農場に向かった。

マクレアリーのおじさんは納屋《なや》にいた。手にバケツを持って、牛のかいばおけの奥《おく》にいる。ぼくがいるのを見ると、一瞬《いっしゅん》とまどい顔をしかめた。おでこに深いしわが入り、まゆ毛が上がった。と思ったら元にもどり、また上がった。

「こんなところで何してる？」

「こんにちは、おじさん。父さんが、一日だけロープとかっ車をお借りできないか聞いて来るようにって」

おじさんは目を丸くした。

「わしのロープとかっ車だと？　ドナルドが？　そりゃあ別に構《かま》わんが。ロープもかっ車も今日は使う予定はないし。だけど、なんだってそんなものが必要なんだ？」

理由はだまっておきたかった。

「とにかく必要みたいです。明日《あす》の朝いちばんにお返ししますから」

おじさんは、まるでもっと背《せ》を高く見せようとするかのように、頭を後ろに引き、ぼくをじっと見つめた。そのままでも十分高いのに。

「今日は使わない。おまえ一人で丘《おか》の上まで運べるか？」

「はい」ぼくはうなずいた。

おじさんが納屋《なや》の前にある部屋に入って行く。ぼくも続いて中に入る。

「で、何に使うんだって？」

「ええと……たしか左右をつり合わせるのに必要だって」

つり合う、というのは等しい《イコール》という意味だと算数で習った。

「なになに、左右を……そうか。うむ。ほらよ。おまえの父さんはしゃれた言い方をするな。何を言ってるのかさっぱりわからん」

「たぶん、右側と左側が同じになるようにするってことだと思います」

「ああ、そのとおりだ。そんなことは知っとる。そう、うん、そのうちわしもロープとかっ車をおまえさんのところから借りることになるかもしれんな。その、左右をつり合わせるために」

「そうですね」

おじさんは大きなひと巻《まき》のロープをぼくに手渡《てわた》すと、かべからかっ車を三つ外してぼくの足元にドサッと置いた。ぼくはかがんで三ついっしょに持ち上げようとしたけど、重すぎるうえに持ちにくかった。

「ほれ！　こうするんだ」

おじさんはそう言うと、ロープをぼくの頭の高さまで持ち上げ、肩《かた》からかけてくれた。重みがずしっと肩《かた》にくる。

「ほらよ！」

次におじさんはかっ車を一つ横に寝《ね》かせて渡《わた》し、残りの二つもその上にのせた。

「こうやって運ぶんだよ」

腕《うで》をめいっぱいのばすと、ちょうどかっ車三つが腕《うで》の中に収《おさ》まり、そのいちばん上にあごがのせられる。かなり重かったが、少なくともこれでバランスはとりやすくなった。

「ありがとうございます。明日《あす》には、ぜんぶお返しします」

マクレアリーさんがうなずく。

「お父さんによろしくな」

「はい、さようなら」

ぼくはマクレアリーさん家《ち》の納屋《なや》を出ると、丘《おか》を上り始めた。途中《とちゅう》、三回休けいを入れなくてはならなかった。かっ車を手にかかえたままひざまずき、手を地面に置いて休めてから、また立ち上がる。農場まで来ると、囲いをぐるっとまわって裏口《うらぐち》から納屋《なや》に入った。かっ車を下ろし、ロープを首からぬいたときの気持ちよかったこと。次に、家にあるロープとチェーン、かっ車、それにシャベルを取りに行き、ぜんぶまとめて手押《てお》し車《ぐるま》に入れ、裏口《うらぐち》から出て石の埋《う》まっている畑へと向かった。今日一日父さんが留守《るす》でよかった。

石のところまでやって来ると、この前掘《ほ》った石のまわりにはどっぷり水がたまっていた。でもあわてなかった。ぼくは馬たちを連れて来るついでに、バケツを取って来ようと納屋《なや》へ引き返した。それから二頭の馬にそれぞれ馬具をつけると、裏口《うらぐち》から出て、畑へ向かった。馬たちはうれしそうについて来た。雨も降《ふ》っていないし、空気がすんでひんやりしている。

馬たちが見守るなか、ぼくは何度もバケツで泥水《どろみず》をくみ取り、穴《あな》をからっぽにした。さて、ここからが大変だ。問題の石の下にチェーンが通せるよう、小さなトンネルを掘《ほ》らなければならない。馬が引っぱっても外れないよう、チェーンをしっかり石のまわりに巻《ま》きつけるのだ。これが思っていた以上に大変でかなり手こずった。でも、両側から掘《ほ》り進めてゆくと、トンネルはついに真ん中でつながった。ぼくはチェーンをトンネルにつっこみ、シャベルを使って向こう側に押《お》し出した。それから向こう側に下り、出ているチェーンを引っぱり上げた。全身土まみれだったけど気にしなかった。とにかくやりぬこうと心に決めていた。

石にチェーンを巻《ま》きつけて結ぶと、今度は手押《てお》し車《ぐるま》を押《お》して森の方に向かった。本当に難《むずか》しいのはここからだ。まず、かっ車を取りつけられそうな、じょうぶな木を五本選ばなくてはならない。それぞれの馬にロープを一本ずつ引かせ、ロープ一本につき、三つのかっ車を通す。このとき、真ん中にくる木にはかっ車を二つ取りつけ、かっ車のあいだをロープがW《ダブリュー》字形に渡《わた》るようにする。あの石を引っぱるのにロープ一本ではきっと切れてしまう。でも六個《こ》のかっ車をロープ二本に分け、馬二頭で引くなら強度も足りるはずだ。かなりじょうぶなロープだし。

マクレアリーさんからロープを借りておいてよかった。というのも、最初の木まではけっこう距離《きょり》があって、ロープをつながないと届《とど》かなかったからだ。あとは結び目がかっ車に巻《ま》きこまれないことを願うだけだ。でないと、かっ車からロープが外れてしまう。

ぼくは、左右の馬と石からの距離《きょり》が同じになる木を選びながら、チェーンとロープを使って、木にかっ車をくくりつけていった。かっ車の準備《じゅんび》がととのうと、石のところにもどって全体を見渡《みわた》した。石が大きすぎるだけに少しこわい。いざ引っぱったらロープが切れるんじゃないだろうか。そうだ、石の手前の地面をシャベルでけずって、スロープのようにしたら引っぱりやすくなるかもしれない。そしたら石も、スポンと栗《くり》が殻《から》から出るみたいにではなく、すうっと穴《あな》から引っぱり出せるだろう。ぼくはもう一度、できるだけ急いで土を掘《ほ》り始めた。今度こそくたくただった。それでも姉さんや弟が学校から帰って来て、ぼくが学校を休んだことを母さんに報告《ほうこく》する前に終わらせておきたかった。

いよいよかっ車にロープを通す番だ。まずは右側から取りかかる。馬まで届《とど》くようロープを三本つないだ。次は左側だ。マクレアリーさんから借りたロープはさっきのより長かったので二本で足りた。次に馬を左右に離《はな》し、短めのロープをそれぞれの馬の手綱《たづな》につなぎ、かっ車から引いたロープを馬具に結びつけた。地面がぬれているうえに、馬たちは上り坂を引っぱることになる。でもとにかく準備《じゅんび》はととのった。ぼくは石のところにもどると、最後にもう一度石をながめた。いったいこの石はどのぐらいのあいだここにあったんだろうか。たぶん何百万年も前からだ。

「うまくいきますように」

ぼくは小さくつぶやくと、馬たちの前に出て手綱《たづな》を取り、引っぱりながら呼《よ》びかけた。

「ほら、こっちだ、こっちへ来い！」

地面はぬれてすべりやすくなっていたが、石が多いおかげで馬たちはひづめを地面にたてることができた。すごい力だ。それでも、はじめのうちロープはぴくりともせず、馬たちは、あっさり横によろけてしまった。かなり重たいものを引かされているとわかり、おどろいているように見える。二度目に声をかけると、馬たちは丘《おか》を上り始め、前へと進んでいった。少し頭をずらすと、馬の腹越《はらご》しに石が地面から持ち上がるのが見えた。まるで魔法《まほう》みたいに。

「そうだ！　こっちだ！　こっち、こっち！」

もう一度声をかける。馬たちは丘《おか》をさらに上ってくる。そうするあいだにも石はずるずると森に向かって進んでゆく。十メートルほど動いたところで馬たちを止め、かっ車のところまで走るとロープの結び目がどこにあるかたしかめた。それからまたかけもどり、馬たちを少し後ろに下がらせてから、ロープの結び目をいったんほどき、かっ車の向こう側でもう一度結び直した。そのあと馬たちのところに走ってもどり、また馬に声

をかけ引っぱらせた。同じことをもう一度くり返すと、石は森の手前まで動いた。

ぼくは木のところまでかけて行くと、道具をぜんぶ外して回り、ひとまとめにして手《て》押《お》し車《ぐるま》に入れた。それから森の前まで行き、新しい場所に収《おさ》まった石に見入った。こうやって見ると、まるで岸に打ち上げられた小さなクジラの死骸《しがい》のようだ。それは、みにくいとも美しいとも言えなかった。見慣《みな》れるまでに、しばらく時間がかかるだろう。前に父さんがこの石は畑の主《あるじ》だって言ってたっけ。ぼくは思わずほほ笑《え》んだ。それはちがう。主《あるじ》はアルキメデスだ。

14　石が動いた！

家に帰ると、弟と姉さんはちょうど学校からもどったところだった。ぼくは馬たちを納屋《なや》へ入れてから畑にもどり、手《て》押《お》し車《ぐるま》を押《お》して、マクレアリーさんにロープとかっ車を返しに行った。おじさんが納屋《なや》にいなかったので、ぼくは借りたものをぜんぶ、元あった場所にもどしておいた。上り坂を運ぶのに比《くら》べたら、下る方ははるかに楽だった。とはいえ、体じゅうへとへとで、ロープをかけていた肩《かた》がずきずき痛《いた》んだ。裏口《うらぐち》から家に入ると、台所の真ん中に立っていた母さんがぼくを見た。母さんは頭のてっぺんからつま先までながめまわした。

「泥《どろ》だらけじゃないの。しかも学校用の服よ！　それに今日、学校にも行かなかったみたいね。いったいどこに行ってたの？」

母さんは怒《おこ》っていた。

ぼくはゆかを見つめたまま言った。

「畑に」

「畑にいたの？」

「そう」

「畑で何をしていたの？」

「石を動かしてた」

母さんは腕組《うでぐ》みしてぼくをじっとにらんだ。でももう顔は怒《おこ》っていなくて、むしろがっかりしているように見える。

「エディ、なぜ学校へ行かなかったの？　一日じゅう外に出て、動くはずもない石の相手をするなんて。勉強をしたくはないの？　がんばろうって思わないの？　あきらめちゃだめよ」

母さんの顔がふっとやさしくなった。

「ねえエディ、学校は続けた方がいいわ」

「ぼく、あきらめてなんかいないよ。ただ父さんを手伝いたかったんだ」

「エディ、人生にはどうにもならないことがあるの。どうやっても無理なことが。あの石がその例よ。ただ受け入れるしかないの」

「動かしたよ」

母さんはさっきより、もっとがっかりした顔をした。それから声を小さくし、ささやくような声で言った。

「うそはつかないで」

「うそなんかじゃないよ！」

「うそだよ」弟が言った。姉さんは目をぐるりと回し、二階へ上がって行った。母さんは、今度はほとんどすがるように言った。

「エディ、お願いだから母さんにうそをつかないで。あの石を動かすのは不可能《ふかのう》だって、父さんも言ってたわ。母さんだってこの目で見たし。あなた一人で動かせるわけなんかないのよ」

「でも動かしたんだよ。馬を使ったんだ。それから、マクレアリーさんからロープとかっ車も借りた」

「そんなのうそだね」と弟。

母さんはじっと立ったまま口に手を当て、ぼくを見つめた。ぼくを信じたものかどうか考えているのだ。

「本当なの？」

「うん」

「お兄ちゃんのうそつ――」

「だまりなさい、ジョーイ！」

母さんはぴしゃりと言うと、コートとスカーフを手に取った。

「わかったわ。じゃあ、母さんに見せてちょうだい」

弟も上着をつかんだ。

「だめ、ジョーイ。あなたはここにいなさい」

「でも――」

「ここで待ってなさい！　すぐもどるから」

ぼくはクッキーを二つつかんでから、母さんの後について家を出た。外は気温が下がってきていた。しかも体は疲《つか》れ、お腹《なか》もすいていた。今日は昼ごはんも食べていない。今はただ、お腹《なか》いっぱいごはんを食べてお風呂《ふろ》に入り、温かいベッドにもぐりこみたかった。その一方で、わくわくもしていた。

畑のてっぺんまでやって来た母さんとぼくは、森の方を見下ろした。するとあの石がでんと座《すわ》っているのが見えた。あきらかに、まわりからういて見える。

「どうやったか、やってみせるね」ぼくはそう言って、丘《おか》を下りだした。でも母さんは丘《おか》のてっぺんにつっ立ち、両手を腰《こし》に当てて石に見入ったままだ。

「いいえ。その必要はないわ。母さんにも、ちゃんと見えてるもの。もう十分よ」

それから母さんは、なんとも言いようのない目でぼくを見た。その目が何を言おうとしているのか、ぼくにはわからなかった。母さんがくるっと後ろを向き、家にもどりだしたので、ぼくはあわてて後に続いた。

「ねえ、お風呂《ふろ》に入ってもいい？」

母さんがぎこちなく笑った。

「ええ、もちろん。どうぞ、入ってちょうだい。今日一日、それだけのことをしたんですからね」

そう言うとふり返って、ぼくを見た。

「でも明日《あす》は学校へ行くこと」

「行くよ。ぜったいに」

夕食の後、とにかく疲《つか》れていたのでぼくは早目にベッドに入り、一瞬《いっしゅん》で眠《ねむ》りに落ちた。日も暮《く》れたころのことだ。ふと目を開けると父さんがろうそくを手に立っている。最初、ぼくは夢《ゆめ》でも見ているのかと思った。でもちがった。ぼくが起き上がると、父さんは近づいて来てベッドのわきにこしかけた。こんなことははじめてだ。そして父さんは語りだした。いつもの父さんとはちがい、まるでぼくに物語でも語って聞かせるみたいな話し方だった。

「今日、森から帰る途中《とちゅう》でマクレアリーさんに会ったよ。向こうは鍛冶屋《かじや》から帰るところだった。マクレアリーさんから、どうしてロープとかっ車が必要だったのかとたずねられ、おどろいたよ。なんでもおまえがやって来て家に持ち帰ったというじゃないか。実を言うとそれを聞いたとき、父さんはものすごく腹《はら》が立った。おまえがマクレアリーさんにうそをついたからだ。それで家に着くと、二階に上がっておまえをベッドからたき起こそうとした。そしたら母さんが、おまえが畑の石をどけてくれたというじゃないか。いや、信じられなかったね。結婚《けっこん》して十五年、母さんが言ったことを信じなかったのはあのときが本当にはじめてだった。これは自分の目でたしかめてみないと、というわけでそうした。畑へ見に行ったんだ。そして見た。月明かりに照らされた畑に、大きな穴《あな》があいていて、森のそばにはあの石があるじゃないか。おまえは、あの石をまるでブルーベリーか何かみたいに、ちょいと畑からつまみ出したんだ」

父さんはそこで一息《ひといき》ついた。こんなに長い時間父さんがぼくに話をしたことは、それまで一度もなかった。ぼくはなんと言ったらいいかわからず、ただじっと聞いていた。

父さんは続けた。

「おまえは今日、大人三人分の仕事をやってのけた。大人三人分だぞ！　エディ、おまえはそうとう根性《こんじょう》があるな」ろうそくの光のなか、父さんが大きくうなずいているのが見える。

「今日はほかにもわかったことがある。おまえが、とてもかしこい子だということだ。ただかしこいだけじゃない。カミソリの刃《は》のようにするどい頭を持っている。今まで考えもしなかったが、これではっきりした」

「うまく頭がはたらかないこともあります」

「まあ、だれにだって苦手なものはあるさ。父さんだって身に覚えがある。それにしても、かっ車の使い方なんてどうやって覚えたんだ？」

「本で調べたんです。『応用数学《おうようすうがく》』という本で」

父さんが笑う。

「そんな、まさか。いったいどうやって字を読んだ？」

「実際《じっさい》には読んだわけじゃなくて、さし絵を見ただけです。でも単語をいくつか辞書で調べました」

そのとき、ぼくは父さんの辞書を借りたままであることを思い出した。

「父さんの辞書を借りました。返すのを忘《わす》れてごめんなさい」

父さんはしばらくだまっていた。何を考えているんだろう。

「そうだな、これからは使った後ちゃんともどせるなら辞書を使ったらいい。それでいいか？」

「はい。父さん。ありがとうございます」

「よし、もう少し眠《ねむ》った方がいい。明日《あす》は学校だからな」

「はい」

父さんはドアのところで足を止めた。

「そうだ、エディ」

「なんでしょう？」

「マクレアリーさんが、自分も左右をつり合わせるつもりだと言ってたんだが。いったいぜんたいなんのことを言ってるんだ？」

「わかりません。何か思いちがいをされてるんでしょう」

「ああ、そうだな。よし、じゃあ、おやすみ」

「おやすみなさい」

ベッドに横になると、幸せの波が体じゅうをかけぬけた。この幸せな気分、今度はこのまま続きそうだ。

15　苦労はつきもの

秋じゅうかけて、父さんとぼくは畑の石を取りのぞいた。最初の石ほど大きなものはなかったけど、それに近いものはあった。作業ができるのは、学校が休みで、父さんもほかの仕事が少ない土曜日だけだった。畑には細かい石が山ほどあり、ただひたすら集めては手押《ておし》し車《ぐるま》で運んだ。気長な作業だった。やがて地面が凍《こお》り始めると、作業はあきらめ、続きは春に持《も》ち越《こ》すことにした。父さんは来年の秋になったらその土地をいよいよ耕《たがや》すつもりだった。

それはぼくにとって特別な日々だった。父さんを手伝えるのがとにかく楽しかった。言葉をかわすことはほとんどなかったけど、父さんをより近くに感じた。

でも学校では勝手がちがった。授業《じゅぎょう》では作文の書き方を勉強するようになった。一ページ書くだけだったけど、ぼくにはまったくといっていいほど手が出なかった。クラスメイトの中には作文を楽しんでいる子もいて、とくに女の子の場合、早くみんなの前で発表したくてうずうずしていた。先生の説明だと、まず書きたいことを頭にうかべ、思いついたことを紙に書きとめ、それから文章の形にしていく。その後、その文章を段落《だんらく》に分けてゆくのだ。作文にはぜんぶで三つの段落《だんらく》が必要だ。ほかのみんなからしたら、そんなにたいしたことではないだろうけど、ぼくにとっては月に飛んで行くぐらい大変なことだった。

だいたいなんのことを書いたらいいか思いつかない。みんなが、忙《いそが》しそうに書くあいだ、ぼくはただじっと座《すわ》って窓《まど》の外をながめていた。結局、ぼくはヘレン・ケラーのことを書くことにした。そこで、思いついたことを紙に書きとめようとした。ところが単語のスペルが出てこない。スペルがそもそもわからないので、辞書をひいて調べることもできない。せっかくヘレンのことを書くのだ。すごいと思っている人のことを。だから、ぼくは必死でがんばった。言葉を思いうかべ、そこにどんな音が入っているか考え、知恵《ちえ》をふりしぼって書いてみた。二人の女の子が作文を書き終えたころ、ぼくに書けたのは単語六つだけだった。「def」「blin」「deturmint」「brav」「alon」「intelajinz」〔正しくは deaf《デフ》（耳が聞こえない）、blind《ブラインド》（目が見えない）、determined《ディターミンド》（しっかりした)、brave《ブレイブ》(ゆうかんな)、alone《アローン》(一人で)、intelligent《インテリジェント》(知的な)」。

先生が、書いたものを見せてごらんと言った。気が進まなかったけど、言われたら見せるしかない。友だちが何人か、先生の肩越《かたご》しにのぞき見ようとしたので、ぼくは、自分の席に着くよう言った。本気で見られたくなかった。ぼくの書いたものを読む先生の表情《ひょうじょう》をうかがう。先生はまるですごく長い論文《ろんぶん》でも読むかのように、とまどった表情《ひょうじょう》で長いこと紙を見つめていた。それから先生は本だなのところへ行くと、前にぼくが借りた本を手に席にもどって来た。先生はすごく親切そうに、にっこりほほ笑《え》んだ。

「エディ。ほかの子たちが作文を書いているあいだ、この本を見ていてはどうかしら?」

「そうします、先生」

ぼくにとっては好都合《こうつごう》だった。こうしてぼくの作文への挑戦《ちょうせん》は終わった。

＊　＊　＊

ベルさんにはもう長いあいだ会っていなかった。秋の終わりのある午後、湖の岸辺を散歩していると、いつしか自分でも気づかないうちに、足はベイン・バリーの森へと向かっていた。ぼくはすっかり空想の世界にひたっていた。ある機械のことを、頭に思《おも》い描《えが》いていたのだ。その機械はおびただしい数のかっ車でできていて、中ではロープがぐるぐる回転している。そこに巨大《きょだい》なショベルを取りつければ山だって掘《ほ》れるし、運河《うんが》のような深い溝《みぞ》も半日で掘《ほ》れてしまうのだ。大きな船に乗せて使えば、沈《しず》んだ船を海底から引き上げることだってできるだろう。そんな機械を、ベルさんはこれまで作ろうと考えたことがあるだろうか。

すぐ近くまで来ていたので、ベルさん家《ち》の道を上がって、ちょっとあいさつしてこようと思った。招待《しょうたい》を受けているわけじゃないけど、みんなとても親しげで感じのいい人たちだったし、ちょっとあいさつに立《た》ち寄《よ》るぐらいなら、迷惑《めいわく》にもならないだろう。

ところが階段《かいだん》を上がってみると、ポーチにはだれの姿《すがた》もなく、ぼくは拍子《ひょうし》ぬけしてしまった。じきに暗くなるし、気温も下がっている。玄関《げんかん》のドアをノックすると、ずいぶんたってからお手伝いさんが出てきた。このあいだクッキーをくれた人だ。お手伝いさんはそわそわしたようすでドアから顔を出すと、「みなさまはワシントンの家に行っていてお留守《るす》です」と言った。ぼくはお礼を言い、回れ右してベルさんの家を後にした。

道にもどる途中《とちゅう》、研究室の前を通った。ドアも閉《し》まっていて中は暗い。人がいる気配はない。とそのとき、灯《あか》りがともった小さな小屋があるのに気づいた。排気口《はいきこう》から煙《けむり》が出ている。このあいだ来たときは研究室ばかり見ていて、こんな小屋があることに気づきもしなかった。小屋はものすごく小さい。ひょっとしたらベルさんの助手のだれかの小屋かもしれない。もしくは、ベルさんの羊の世話をしている人とか。ベルさんの家には羊がたくさんいる。自分で飼育《しいく》しているのだ。「スーパー・シープ」というブランドの羊をつくろうとしているのだ。聞いた話だと、ベルさんは一度おぼれた羊の息を、特別な発明品を使って吹《ふ》き返させたという。本当だろうか。

ぼくはドアのところまで行って立ち止まった。たばこのにおいがする。ノックしてもだいじょうぶかな？　だけどもしベルさん家《ち》の使用人の人が出てきたら、なんて言おう？　ぼくのことを知らない人だったら、他人の家の敷地《しきち》で何してるんだって、あやしまれるかもしれない。そこでノックするのはやめておくことにした。くるりと向きを変え、また道を歩きだした。そのちょっと後、ぼくは名前を呼《よ》ばれた。

「エディか？」

ふり返ると、さっきの小屋のドアにベルさんが立ち、パイプをふかしていた。ベルさんは大きな手ぶりでぼくを招《まね》いた。

「ほら、中へ入って」

「こんにちは、ベルさん」

「外で足音が聞こえたように思ったんでね。実際《じっさい》に聞こえたのか、それとも空耳なのかわからなかったが。ひょっとすると直観かもしれんな」

「それってどういうものですか？」

「直観かね？　つまり、きみがいるとわかる前に知覚することだ。秘密《ひみつ》の認知力《にんちりょく》ってとこかな」

そう言うとベルさんは、もじゃもじゃまゆ毛の下からぼくを見つめてにっこりし、パイプをふかした。

「お手伝いさんから、ワシントンに行っていると聞きましたが」

ベルさんはパイプを吸《す》うと、すまなそうな顔をした。

「そう、たしかに行っていた。でもその後またもどったんだ。メアリーには、わたしがここにいることを、だれにも言わないよう口止めしておいたのだよ」

「そうなんですか」

どうしてだろう。

「そうすれば一人っきりで仕事ができるからな」

まるでぼくの心を読んだかのようにベルさんが言った。

「もうそろそろ行きます。すみません、おじゃまして――」

「いや、待った！　もう少しいてくれ！　エディ、きみが来てくれてよかったよ。まったくおかしなものでね。人がそばにいるとおちおち考えることもできないとか文句《もんく》を言っておきながら、いざ一人きりになれたと思ったら連れがほしくなるんだ。ほら、ひとつかみ、どうだ」

そう言うと、キャンディーの入ったびんを渡《わた》してくれた。ぼくはふたを開け、中から二つ取った。はちみつのキャンディーだった。すごくおいしい。

「ほら、もっと！」

「ありがとうございます」

ぼくはもう一つもらった。本当のところお腹《なか》がぺこぺこだった。

「こんなに暗くて寒いっていうのに、どうして外に？」

ベルさんは、だるまストーブのふたを開けると薪《まき》を中にくべた。すぐさま、炎《ほのお》が勢《いきお》いよく燃《も》え上《あ》がる。ベルさんは、ストーブのふたを閉《し》め、とめ金をかけてから座《すわ》った。脚《あし》には厚手《あつで》の毛布《もうふ》がかけられている。この前ベルさんのお父さんがひざかけにしていた毛《も》布《う》だ。

「ちょっと散歩をしてたんです。考えごとをしながら」

ベルさんは、なるほどとうなずいた。

「それで、今日のきみは、いずこに思いをはせていたのかな？」

ベルさんが何かたずねてくるのは、口先だけではなく心の底から知りたいときだ。そこがベルさんのいいところだ。そしてそれがどんなささいなことだろうと、真剣《しんけん》に話を聞いてくれる。ぼくはさっき想像《そうぞう》していた機械のことを言ってみた。ぼくが話しだすと、ベルさんの目がぱっと輝《かがや》き、おもしろそうに話に耳を傾《かたむ》けた。あまり熱心に聞いてくれるので、もしかしたら、そいつは名案だとでも言ってくれるんじゃないかと思った。だけど話が終わるとベルさんは、くわえていたパイプを手に持ち、ぼくのアイデアの問題点をびしびし指摘《してき》し始めたのだ。この前、マカーディさんにしていたように。

「そいつはまったく実用性《じつようせい》に欠けている」

ベルさんはそう言い放つと、ぼくが頭に描《えが》いていた空想の世界を、一瞬《いっしゅん》にして永遠《えいえん》に消し去ってしまった。でもぼく相手に、あまりにも真剣《しんけん》に話しこむので、ぼくまでとてもかしこくなった気がした。こんなに自分がかしこく思えたのは、はじめてだ。

「見事なアイデアだ。だが、二百年ほど時代遅《おく》れなんだよ。いいか、エディ、蒸気《じょうき》の力が使えるようになった今では、かっ車の出番といったら農作業や港の荷おろしぐらいのものだ。今は燃料《ねんりょう》にガスや石油を使っているが、そう遠くないうちに電気や太陽光、風力や塩水で物を動かせるようになることだろう。かっ車も大きな力を生み出す道具だが、エンジン一基《いっき》が生み出す力にはかなわない」

「なるほど、そうなんですね」

「たしかにいいアイデアだ。ただ二百年遅《おそ》い」

ベルさんは考えこむようにパイプをふかした。まだ今の話について考えているのだ。

ぼくは下に座《すわ》ると、キャンディーをなめながらストーブを見つめた。小屋はこぢんまりとして居心地《いごこち》がよかった。この小屋が世界でいちばんかしこい人の仕事場かと思うと、なんだかおかしい。

「それで読み書きの特訓の調子はどうだね？」

ぼくはもう少しで、「ひどいもんです！　ぜんぜんだめです！」と口走りそうになるのをこらえた。そんな弱音《よわね》をベルさんがよく思うわけがない。途中《とちゅう》であきらめたりなんかしない人なんだから。

「苦戦してます」

「苦労するのはいいことだよ」

「そうですね。ベルさんはこれまでに何かで苦労したことがありますか？」

そんなベルさんの姿《すがた》、想像《そうぞう》もつかなかった。

ベルさんが、とつぜんにんまり笑った。そのせいでパイプが口からこぼれ落ちそうになり、ベルさんはあわてて手で押《お》さえた。

「その質問《しつもん》は、苦労しないことがいつあったのか、と聞くのが正しいだろうな」

ベルさんは身を前に乗り出すと、ストーブのふたを開け、その上でパイプをトントンたたいて中を空《から》にした。それからふたを閉《し》めてまたさっきと同じように座《すわ》り直すと、机《つくえ》の上にあったワイヤーを手に取り、パイプの中をそうじし始めた。

「苦労のない朝をむかえたことなど一日もないよ。もし、うまくいったことの数で人を成功者かどうか測《はか》るなら、わたしなどは前代未聞《ぜんだいみもん》の敗北者の一人ってことになるだろうな」

「でも――」

「うまくいったことの数なんて、この五本の指に入る程度《ていど》だ」

そう言うと、手をかかげて見せた。指にパイプがはさまれている。

「あそこにあるノートには、これまで思いついたアイデアがいっぱいつまっている」

ベルさんは机《つくえ》に山と積まれたノートをあごで指した。

「ノートならもっとあるぞ。数えきれないほどだな。ぜんぶアイデアでいっぱいだ」

前にかがみ、パイプに新しいたばこの葉をつめる。

「わたしが死んでも、電話の発明者としての名前はずっと残るだろう。だが、この頭の中にうかんでは消えていった、おどろくべき発明の数々については、ずっと知られることはないままだ。電話はそうした発明のうちの、たった一つにすぎん。たしかに優《すぐ》れた発明ではあるがな」

ベルさんは座《すわ》り直すとパイプに火をつけ、煙《けむり》がゆきわたるまでのあいだじっとぼくを見つめていた。ぼくらは、ただだまって座《すわ》っていた。このすばらしいひとときのことを、ぼくはこの先、ずっと忘《わす》れないだろう。

16　宙《ちゅう》を舞《ま》う文字

ぼくは毎日、応用数学《おうようすうがく》の本を学校から持ち帰っては、ベッドの上で勉強し、また朝になると学校へ持って行った。作文は書けないままだったけど、応用数学《おうようすうがく》の方は確実《かくじつ》にいろんなことがわかるようになっていった。その本にはロープやかっ車のほかにも、三角形やアーチ型、ドーム型、てこやくさび、ねじ、それに傾斜《けいしゃ》について書かれていた。三角形は辺が三つあるというだけの、なんのへんてつもない形なのに、三角形を使うとおどろくほど頑丈《がんじょう》になる。三角形を利用して建てられた有名な寺院や建物、それに橋の絵ものっていた。古代ギリシャの時代から、三角形は建築《けんちく》に利用されてきたのだ。

アーチとは、ちょうど矢をつがえた弓のように、丸くカーブした形のことだ。その本には巨大《きょだい》なアーチを利用して作られた、いろんな橋の絵ものっていた。あるものは石で作られ、またあるものは金属《きんぞく》や木でできていた。金属《きんぞく》と木でできたものは、橋脚《きょうきゃく》が何百もの小さな三角形でできている。こうした橋は構脚橋《こうきゃくきょう》と呼《よ》ばれるが、この言葉も辞書で調べなければならなかった。

中が空洞《くうどう》になったボールを、二つに割《わ》ったときにできる上半分の形がドームだ。このドーム型は、ものすごく大きな教会や重要な建物に使われている。例として、ローマのサン・ピエトロ大聖堂《だいせいどう》やアメリカ合衆国《がっしゅうこく》議会議事堂の絵がのっていた。こういった建物は、ただ見た目がかっこいいだけでなく、古代ギリシャ時代に発見された、ごく単《たん》純《じゅん》な形を利用して作られている。そしてこれこそが応用《おうよう》数学なのだ。ぼくにとって、この世でこれほどおもしろいものはなかった。

アルキメデスはてこやねじ、くさびや傾斜《けいしゃ》を利用した道具をたくさん作った。人の腕《うで》ぐらいの太さの、ものすごく長いねじをチューブの中に通せば、送水ポンプができあがる。てっぺんのレバーを押《お》すと、チューブの中のねじが回転し、底の方にある水が引き上げられるのだ。これを使えば地下の水をくみ上げることだってできる。砂漠《さばく》に暮《く》らす、顔も体も布《ぬの》でおおった人々が、ポンプでくみ上げた水をラクダにあたえている絵がのっていた。

ほかに、おので巨大《きょだい》な木を切っている人たちの絵もある。おのの頭の部分は先がするどくとがっていて、ちょうどくさび形をしている。柄《え》の部分はてこだ。くさび形は横につぶれたような三角形をしている。斜面《しゃめん》も同じ形だ。斜面《しゃめん》というのは傾斜《けいしゃ》のことで、傾《けい》斜《しゃ》を使えば、物を一気に上に持ち上げるのではなく、少しずつ高さを上げてゆくことができる。ぼくはちょっとからかってやろうと、友だちに、「三人まとめて頭の上まで持ち上げてみせるよ」ともちかけた。三人は笑った。そこでぼくは三人を手押《てお》し車《ぐるま》に乗せて丘《おか》を押《お》して上がり、さっきいたところより高い位置まで上げた。三人はそんなのインチキだと文句《もんく》を言った。ぼくは、にっこり笑って「ぜんぶ応用《おうよう》数学の仕業《しわざ》さ。ちょいと自然をだましてやったんだ」と言ってやった。すると三人は顔をしかめてこう言った。

「おまえ勉強のしすぎだよ」と。

それでもこの本は、絵を見ただけではよく理解《りかい》できなかった。ぼくは毎晩《まいばん》父さんから辞書を借りては、言葉の意味を調べた。それでもやっぱり文章は読まない。単語をところどころ辞書でひき、どんなことが書いてあるか推測《すいそく》するだけだ。

そんなある夜、下に辞書を取りに行くと、父さんが手紙を書いていた。じゃましてはいけないと思い、ぼくはそこに立ったまま父さんから声をかけてくれるのを待っていた。だけどいつまでたっても父さんはだまったままだ。そこでぼくは音をたてないようそっと本だなに近づいて辞書をぬき取った。やっぱり父さんは何も言わない。しばらくしてから今度は辞書をもどしに行ったけど、父さんは顔も上げなかった。それからぼくはベッドに横になって眠《ねむ》ろうとした。だけどさっき目にしたある言葉が気になってしかたがない。ずっと調べてみたけど、結局どういう意味かわからなかったのだ。ぼくは何度も寝返《ねがえ》りをうっては、もう忘《わす》れろと自分に言い聞かせた。また明日《あす》調べればいい。でもだめだった。眠《ねむ》れない。あれはどういう意味なんだろうと、いつまでも考えてしまうのだ。悩《なや》んだすえ、そろそろ父さんも手紙を書き終えたころだと思い、静かに下に降《お》りて行った。すると、まだ書いていた！　ただ、今度は父さんも顔を上げた。めがね越《ご》しに、ちらっとぼくを見ると顔をしかめた。

「何か用か？」

「その……言葉の意味を調べたいんです」

「またか？」

「ごめんなさい」

「なんていう言葉だ？」

ぼくは言葉を書き写した紙切れに目をやった。

「R《アール》-e《イー》-n《エヌ》-a《エイ》-i《アイ》-s《エス》-s《エス》-a《エイ》-n《エヌ》-c《シー》-e《イー》です」

父さんはめがねを外してペンを置くと、いすから立ち上がって、猫《ねこ》みたいに背《せ》のびした。それから辞書を取って、ぼくの方に差し出した。

「おまえの部屋に置いておきなさい。父さんが使うときは取りに行けばいいから」

ぼくは父さんのところまで行って、辞書を受け取った。

「ありがとうございます、父さん」

父さんはぼくの目をじっと見つめてうなずいた。手紙を書いているときの父さんは口数が少ない。

* * *

秋が終わるころには、数学についてだいぶいろんなことがわかった。その代わり字を書く練習の方はさじを投げたに近かった。辞書を何度もひいたおかげか、言葉を見つけるのも速くなった。でもせっかく見つかった言葉も、頭に入るやいなや、ぜんぶぬけていくのだった。理由はわからない。どうして覚えられないんだろう？　みんなはどうやって覚えるんだ、こんなにたくさんあるっていうのに！　その点、算数は楽だ。いったん十までの数の足し算と引き算のやり方がわかってしまえば、ちょっと練習するだけで、どんな数がきても計算できるようになる。だけど単語のスペルときたら、そもそも法則《ほうそく》もわからないうえ例外だらけだ。そんなもの、どうやったら覚えられるっていうんだ？

でもみんなは覚えてる。学校の友だちだってそうだ。女の子のあいだでは、スペルの法則《ほうそく》ではないけど、同じ音を集めてライムにするゲームがはやっている。スペルの力を競《きそ》うコンテストでは、一つもまちがえない女の子もいる。ぼくはただ座《すわ》ってそのようすを見てるだけ。ほかのみんなは今も作文の勉強を続けている。ぼくはあきらめたけど。

大人になったとき、どんな仕事につくかはわからないけど、字を書く仕事でないのはたしかだ。その気になれば農夫にはなれるだろう。ただ、ぼくはまずまちがいなく農夫になりたいとは思っていない。機械を使う仕事ならきっと楽しいだろう。そういう仕事なら、字が書けないままでもだいじょうぶかもしれない。

ただ、ぼくの場合、読む方もうまくいかず手を焼いている。とにかく単語を辞書でひいては意味を予想するしかない。しかも予想するにも絵の助けが必要だ。でないと手も足も出ない。

ところがそれからしばらくして、そんなあきらめかけたぼくの心を変えるできごとがあった。

その冬はじめての本格的《ほんかくてき》な吹雪《ふぶき》にみまわれたその日、父さんは買い物と郵便局《ゆうびんきょく》に立《た》ち寄《よ》るため、町に出かけた。家を出るときはまだ雪も小降《こぶ》りで、畑の茶色い土も見えていた。でも家にもどって来るころには、畑や家、納屋《なや》はみな雪におおわれていた。一面、白銀の世界で、太陽すら白く見えた。

父さんは戸口まで来ると服についた雪をはらい、台所に入る前にブーツをパンパンたたいて雪を落とした。顔は寒さで赤くなり、まゆ毛は雪がとけてぬれている。それなのに父さんときたら、なんともいえない表情《ひょうじょう》をうかべ、みんなを前につっ立ったままだ。

「今日、手紙を出しに郵便局《ゆうびんきょく》へ行ったんだが」父さんが切り出した。「そしたら職員《しょくいん》の人から、エドワード・マクドナルド氏と知り合いじゃないかとたずねられた。向こうはその人物がだれなのかさっぱりわからないらしいんだが、それでは困《こま》るのだと言う。なにせ差出人《さしだしにん》はあのアレクサンダー・グラハム・ベルで、はるばるワシントンから送られてきたものだからな。まあ、その人物がだれか思い当たるまでに一分以上かかったよ。で、はっとした。『それはうちの息子《むすこ》のことだ』って」

父さんはかばんに手を入れると小包をぼくに手渡《てわた》した。不思議そうに頭をふっている。

「おまえにだよ、エディ。アレクサンダー・グラハム・ベルさんからだ」

17　とつぜんのプレゼント

小包はやわらかい茶色の紙でくるんであり、白いひもでしばられていた。ぼくは、そうっとひもをほどいて包み紙を開いた。包み紙とひももとっておくつもりだった。中から出てきたのは小さな本と手紙だった。オレンジ色をした布張《ぬのば》りの本で、表紙には亀《タートル》と兵士の絵がある。父さんが、そいつはただの亀《タートル》じゃなくて陸《トー》ガメ《タス》だ、と教えてくれた。表紙のタイトルは『Zeno's Paradox』となっていた。ぼくは父さんに頼《たの》んで、みんなもいっしょに聞けるよう、手紙を大きな声で読んでもらうことにした。父さんはキッチンの真ん中に立つと、腕《うで》をのばして手紙を前に持ち、ずいぶんあらたまった調子で読み始めた。

親愛なるエディ

このあいだ、スミソニアン博物館でこの小さな本をたまたま見つけたんだが、見た瞬間《しゅんかん》、きみのことを思ったよ。頭脳《ずのう》をのみのようにするどくとぎすましておくには、気のきいたパラドクスはまさにもってこいだ。わたしもよく、野や森を歩きながら、このなぞ解《と》きに挑戦《ちょうせん》したものだ。さあ、今度はきみの番だよ、エディ。

ミスター・マカーディが飛行機を作り上げた。この冬バデックに運んで、氷の上を走らせてみるつもりだ。きみにもぜひ見に来てもらいたいと思っている。

若《わか》き友よ、字の練習がうまくいくことを祈《いの》ってるよ!

わが妻《つま》、ミセス・ベル、それにミス・ケラーからもくれぐれもよろしくと。

友情《ゆうじょう》とあくなき探求心《たんきゅうしん》に

アレクサンダー・G・ベル

父さんが読み終わっても、だれも何も言わない。みんなだまって何かを考えていた。母さんはにっこりとほほ笑《え》み、目にはなみだをうかべている。父さんがぼくに手紙をもどした。

「おまえのものだ。自分で持っておきなさい」

「ヘレン・ケラーさんにも会ったの？」

母さんがたずねる。

ぼくはうなずいた。

「ベルさんの奥《おく》さんにも？」

またうなずく。

母さんの笑《え》みがさらに広がった。ぼくはみんなが見られるよう本を回した。

「読んであげようか？」と、姉さんが聞いた。

ぼくはちょっと考えた。「いや、いいよ。自分で読んでみる。辞書を使って」

「何年もかかるんじゃないの」弟が小声で言った。

「ジョセフ、おまえは口出しするんじゃない！」父さんが弟にこわい顔をした。

「はぁい」弟は、悪さをして怒《おこ》られた犬のようにしゅんとなった。

ぼくは本を二階へ持って上がると、机《つくえ》から辞書を取ってベッドに置いた。中身を読み始める前に、まずは中をぱらぱら見たり、外側からながめて楽しんだ。その本は、まるで湖に打ち上げられた流木のように、手にやさしくなじんだ。小さくてページ数も少なく、絵はあまりのっていない。それでもぼくにとっては世界一素敵《すてき》な本だ。ふと見ると、表紙の見返しに手書きのメッセージがある。「若《わか》き有能《ゆうのう》な哲学者《てつがくしゃ》、エディへ。新しい発見の毎日にかんぱい！——アレクサンダー・G・ベルより」

「哲学者《てつがくしゃ》（philosopher《フィロソファー》）」と「発見（discovery《ディスカバリー》）」という言葉は、辞書はひいたけど、ちゃんと理解《りかい》できた。

本の中には、ベルさんみたいにあごひげを生やしたおじいさんの絵もあった。でも身につけているのは何千年も前の服だった。馬や鳥、魚の絵もある。表紙にあったのと同じ、兵士と陸ガメの絵もあった。どうも競走しているみたいだ。なんだかおもしろい。次に出てきたのはさっきとは別の男の人で、階段に座って何か考えこんでいる。絵の下には「Zeno《ゼノン》」という言葉と、「４９０‐４３０ＢＣ．（紀元前四九〇年〜四三〇年）」と時代が書かれている。辞書で「Zeno《ゼノン》」をひいてみると、「Greek philosopher《グリーク フィロソファー》（ギリシャ人哲学者《てつがくしゃ》）」であることがわかった。「philosopher《フィロソファー》（哲学者《てつがくしゃ》）」という言葉はさっきも辞書で調べたけど、もう一度ひく。哲学者《てつがくしゃ》とは、人生やその他いろんなこと——たくさんありすぎていちいち調べなかった——の意味について研究する人のこと。それならわかる気がする。つまりたくさん勉強をする人のことだ。ベルさんはなぜぼくのことを哲学《てつがく》者《しゃ》と呼《よ》んだりしたんだろう。きっとからかったんだ。次に調べるのは「paradox《パラドクス》」という言葉の意味だ。

とりあえず辞書はひいたけど、ちんぷんかんぷんだった。「paradox《パラドクス》（逆説《ぎゃくせつ》）」を理解《りかい》するために、「contradiction《コントラディクション》（反論《はんろん》）」という別の言葉も調べなくてはならなかった。辞書を見るとその意味は、もう一方の「statement《ステイトメント》（発言）」を否定する内容の「statement《ステイトメント》（発言）」のことらしい。そこで今度は「発言」を調べる。これはふつうに、話すこと、という意味だ。もしぼくが「雨が降《ふ》っている」と言ったとする。これが「発言」だ。そこでもし弟が「ううん、ちがうよ」と言ったら、ぼくの発言に「反論《はんろん》」したことになる。時間はだいぶかかったけど、最後はちゃんと理解《りかい》できた。ところがここで「逆説《ぎゃくせつ》」という言葉にもどると、反論《はんろん》もまた正しい場合を逆説《ぎゃくせつ》という、とある。つまり、正しくて正しくない？　この部分がわからないのだ。そんな相反することがありえるんだろうか？　辞書には例がのっていた——「Zeno's paradox（ゼノンの逆説《パラドクス》」。へえ、そりゃすごい。ふり出しにもどったってわけだ。だけどもうくたくたで、これ以上何もする気になれず、ぼくは眠《ねむ》りについた。

次の日は土曜日だった。午後になってまた雪が降《ふ》りだした。今日は畑仕事はもうできないので、家の手伝いがすむと自分の部屋へ上がって、ゆったりベッドにこしかけ、本を開いた。それからずっと部屋にこもって本をながめては、いったいどんなことが書かれているのだろうかと考えをめぐらせた。その日半日かけてわかったことは、アキレスという名の兵士が陸ガメと競走し、どうも陸ガメが勝ったらしいということだった。だからどうだっていうんだろう？　ぼくはもやもやした気持ちのままベッドに入った。

日曜日の礼拝《れいはい》からもどってからも、ずっと本を見ていたけど、たいした進歩はなかった。アキレスの方が陸ガメより足が速いのに、競走には勝てなかった。なぜなんだろう？　ちっともわからない。ベッドに入る前、ぼくは父さんのところへ行き、逆説《ぎゃくせつ》がどういうものか聞いてみることにした。父さんはいすに座《すわ》って本を読んでいた。本から顔を上げた父さんは、めがねを外して、じっとぼくの方を見た。父さんの答えはこうだった。

「よくはわからんが、逆説《ぎゃくせつ》というのは難《むずか》しくてなかなか解《と》けないなぞなぞのことじゃないのか」

「ゼノンの逆説《パラドクス》」という言葉を聞いたことがあるかたずねると、ないという答えが返ってきた。その後、父さんから、「ベルさんへの手紙の返事は書いているのか」と聞かれて、ぼくは、はっとした。「返事を書かないといけないの？」

「あたりまえだろう！」

「でも、ぼく、なんて書いたら……」

父さんは、めがねをかけ直すと、本に顔をうずめたまま、ぼくの方は見ずに言った。

「世界でいちばんかしこい人が、おまえのためにわざわざ時間をさいて、手紙を書いてくれたんだぞ。おまえだって、なんと返事を書いたらいいか、一生懸命《いっしょうけんめい》考えてみたらどうなんだ」

「はい」

次の日、ほかのみんなが作文を書いているあいだ、ぼくはベルさんへの手紙を書き始めた。何をやっているかだれにも知られたくなかったので、算数の本を開いてそのあいだに紙を一枚《いちまい》はさんだ。何を書こうか考えるのに熱中し、しかもまわりに見られないよう気にしていたため、「Deer Mr. Bell（親愛なるベルさん）」と左手で書き出したことに気づきもしなかった！　しかもこれがけっこううまく書けている。でも使ったのは左手、ヘレン・ケラーが使っていたのと同じ手だ。とそのとき、すぐ後ろに先生が立っていることに気づいた。

「いい感じよ、エディ。だけど、〝親愛なる《ディア》〟のスペルは〝Dear《ディア》〟よ。〝deer《ディア》〟は、森をかけ回る鹿《しか》のことよ。それに字を書くときは、ほかのみんなのように右手を使わないと。そういう決まりでしょ」

「わかりました。先生」

「さ、持ってみて！」

先生は身をかがめ、ぼくの左手からえんぴつを取って右手に押《お》しこんだ。なんだかむずむずするし、書く気も失《う》せてしまった。だけどそこで、父さんが言ってたことを思い出した――ベルさんだってわざわざ時間をさいてぼくに手紙を書いてくれたのに、ぼくが書かなくてどうする？　それにぼくは手紙を書きたかった。ただなんて書いていいかわからないだけだ。そのときふと、あれが頭にうかんだ。

「先生？」

「なんです、エディ？」

「先生は、ゼノンの逆説《パラドクス》ってなんのことかわかりますか？」

「ゼノンの逆説《パラドクス》？　そうねえ、逆説《パラドクス》っていうのは、なぞなぞみたいなものだと思うわ。でも、ゼノンなんて言葉はないんじゃないかしら」

「え、そうなんですか。わかりました。ありがとうございます」

「またいつでも聞いてね」

ぼくは席に座《すわ》って窓《まど》の外をながめながら考えた。ゼノンという言葉があることを、ぼくは知っている。だけど先生は知らない。ということは、ひょっとすると先生はぼくが思ってるほど何でも知っているわけじゃないのかも。それに、もしかして、もしかしたらだけど、書くときに左手を使っちゃいけないっていうのも、まちがっているってこともあるかもしれない。右手を使って書かなくちゃいけないと言ったのがベルさんなら、ぼくも納得《なっとく》してそうしただろう。言ったのがヘレンでもそうだ。二人ともすごくかしこいうえにとても親切だし、二人のことは信頼《しんらい》している。でもそのヘレンが左手で書いているのだ。だったらぼくが使って悪いわけがあるだろうか？　ぼくはしばらく考えたすえ、だれも見ていないときは左手で書こうと心に決めた。

18　左ききは悪いこと？

十二月、学校視察員《しさついん》が授業《じゅぎょう》を見にやって来た。視察員《しさついん》が来るのは年に一度だけど、その日はだいたいわかる。先生がこう言うからだ。

「みなさん、今日は特別なお客さまがお見えになりますよ」と。

いつだって、いかにもありがたいことのように言う。でも実際《じっさい》は、そんなことはない。話がとにかくつまらないうえ、すごくいばっているのだ。でもみんなして、まるで王様みたいにもてなす。

その日、視察員《しさついん》はいつものように昼近くにやって来ると、お決まりの話をした。ぼくはほとんどどうわの空で、窓《まど》の外をながめては空想にふけっていた。視察員《しさついん》の話が終わると、ローレンス先生はみんなに勉強にもどるよう指示《しじ》した。ぼくもそうした。先生と視《し》察員《さついん》は小声《こごえ》で話をし始めた。それからしばらくして、ぼくははっとした。視察員《しさついん》がすぐ真横に立ち、顔に作り笑いをうかべてぼくを見下ろしていたのだ。手にはひもが一本にぎられている。

「こんにちは、エディ・マクドナルド君」

「こんにちは」

「ちょっとその左手を見せたまえ」

命令口調だった。ぼくは言われたとおり左手を差し出した。

「このひもはね、きみのような子のためにあるんだよ。こいつのおかげで何人もの子の左ききが直った。本当だよ」

そう言うと視察員《しさついん》は、ひもの端《はし》をぼくの左手首にしっかり結びつけて背中《せなか》側に回し、もう一方の端《はし》をズボンのベルト通しに結びつけた。体がうまく動かせない。すごく気持ち悪い。

「さあ、やってごらん。こうしておけば、もし左手を使いたくなったとしても……ほら、動かせない！」

視察員《しさついん》はぼくの首の後ろを三回たたいた。トントンと軽くではない。ひっぱたいたのだ。痛《いた》かった。ぼくはかっとした。蹴《け》ってやりたかった。なみだがあふれそうになるのを必死でこらえる。泣き顔をだれにも見られたくはなかった。ぼくはまるで動物みたいに、ひもでつながれたのだ。そのとき、授業《じゅぎょう》の終わりをつげるベルが鳴った。

「ではみなさん、ごきげんよう！」と言って、視察員《しさついん》は教室を出て行った。

昼休み、ほかの子たちといっしょに外へ出たものの、ぼくは今にも泣きだしそうだった。ぼくは家に向かって歩きだした。まだ帰る時間じゃないけど、かまうものか。

ジミー・チザムが走って追いかけてきた。手にジャックナイフを持っている。ジミーは手首のひもを切り、動かせるようにしてくれた。

「こんなのばかげてる。ばかばかしすぎるよ」ジミーの目は心から同情《どうじょう》していた。

「ありがとう、ジミー」

ぼくはお礼を言うと、くるりと向きを変え、家へ帰って行った。

丘《おか》を上っていると、父さんが納屋《なや》の方からやって来るのが見えた。ぼくの姿《すがた》を見た父さんが笑いかける。父さんにしてはめずらしい。次の瞬間《しゅんかん》、父さんはぼくのようすがおかしいことに気づき、そばまでやって来た。ぼくは、なみだをぬぐってなんとかごまかそうとしたけど、泣きながら帰って来たことは丸わかりだった。泣くのは大きらいだ。自分が弱くなった気がする。ぼくはこう考えた。なあに、ちょっと疲《つか》れてるだけだ。こんなにがんばっているのに、ちっともできるようにならないから。だけど自分でもわかっていた。ぼくなんかがグチをこぼしてちゃいけないって。ヘレン・ケラーやフランキーみたいに、もっと大変な人だっているんだから。

「なんかあったのか？」

ぼくは肩《かた》をすくめて答えた。

「べつに。なにも」

「昼ごはんに帰って来るなんて。学校でいやなことでもあったのか？」

「まあ、そんなところかな」もう一度肩をすくめてみせる。

「いいか、おまえが本気を出せば、どんな相手だって打ち負かせる。相手の好きにはさせておくな」

「わかってます」

手で、ほおのなみだをぬぐう。とそのとき、父さんが手首に結んであったひもに気づいた。父さんがぎくりとするのがわかった。

「これはなんだ？」

「その……ひもです」

「それはわかってる。どうしてこんなところについてるんだ？」

「視察員《しさついん》の人が結んだんです。ぼくの手を後ろでしばるのに」

「なんだと、何をしたって？」

父さんが言葉をつまらせた。顔がみるみる真っ赤になる。こんな父さんを見るのははじめてだ。

「おまえの手を後ろでしばっただと？　先生はやめさせようとはしなかったのか？」

「はい」

「いったいどうして、しばったりしたんだ？」鼻息があらい。

「ぼくが左手で書けないようにって」

「左手で字を書くのか？」

「その方が書きやすいんです。ヘレン・ケラーさんだって左手で書くし」

「どれ、手を出してごらん」

ぼくは手を差し出した。父さんがひもの下に指をすべりこませると、ひもはあっけなくほどけた。

「ほら、後ろを向いて」

背中《せなか》を向けると、父さんはベルト通しからひもを引きぬいた。

「先生はまだ学校にいるのか？」

「はい」

「よしわかった。おまえは家に入って何か食べておきなさい。この件《けん》は父さんがなんとかする」

父さんはぼくのあごを持ち、じっと目をのぞきこんで言った。

「いいか、エディ。この世は完璧《かんぺき》とはいかない。日々だれもが、それこそいろんな問題にぶつかっている。それはどうしようもないことだ。だがな、これだけは言っておく。今後、相手がだれであろうと、二度とこんなことをさせるな。本人の許《ゆる》しもなく勝手に手出しする権利《けんり》はだれにもない。わかるな？」

「はい」

「よし。それからもう一つ。おまえが神様から授《さず》かった手を使いなさい。そのことで、だれかにとやかく言われる筋合《すじあ》いはない。もし神様が、おまえの右手ではなく左手を強くされたのなら、それでいい。だれにも文句《もんく》を言う権利《けんり》はない」

「わかりました」

「よし、じゃあな」

父さんはぼくのあごから手を離《はな》すと、大きく一息《ひといき》ついてから学校に向かって丘《おか》を下りて行った。ぼくはそのようすをじっと見ていた。今このとき、自分がローレンス先生じゃなくて本当によかったと思った。できれば父さんの後から丘《おか》を下って行って、父さんが先生に話をするところを窓《まど》からそっとのぞいてみたかった。でも、それはやめておいた方がいいだろう。

よく日の先生は、やたらとぼくに気をつかってくれたけど、ちょっとびくびくしているようにも見えた。ぼくが算数の本を開いて、ベルさんへの手紙の続きを書いているときも、先生はにっこり笑いかけてはきたけど、席まで見に来ることはなかった。口では、助けが必要なときはいつでも呼《よ》んでね、と言ってくれたけど、なんとなく呼《よ》ばれたくなさそうな感じだったので、だまっていた。

おどろいたことに、左手を使うと字もはるかにうまく書けた。右手よりしっかり堂々としている。左手を使ったからってスペルが頭にうかぶわけじゃないけど、書けたものを見ると、こっちの方が見ばえがした。

それでもほかのみんなが書いたものに比《くら》べたら、まだまだひどいものだった。だいたいが、スペルをまちがえて消してばかりいるせいだ。なぜ耳から聞こえるとおりに文字が並《なら》んでいないんだろう？　聞こえるとおりにつづられる単語と、そうでないものがあるのはなぜなんだ？　どうしてぜんぶ同じようにいかないんだろう？　「hurry《ハリー》」の「u」と「worry《ウァリー》」の「o」の部分は、耳で聞くとまったく同じ「ア」の音なのに、字にするとなぜちがうんだ？　そういうのって、どうやって覚えればいいんだろう？　もう、わけがわからない！　英語の場合、単語をぜんぶ覚えていくしかないんだって、わかってはいる。でもそれって、ぼくに言わせればまるで浜辺《はまべ》の小石を一つひとつ覚えるようなものだ。いったいだれがそんなことできるっていうんだ⁉

いや、わかってる。ほかのみんなはスペルをぜんぶ覚えているし、読み書きだって、どんどんうまくなっている。なのに、ぼくはそうじゃない。自分にはできなくてもいいやって開き直ることも、ひょっとしたらできたかもしれない。だけどぼくはどうしてもベルさんに返事が書きたかった。しかもようやくゼノンの逆説《パラドクス》のなぞが解《と》けただけに、なおさらそのことをベルさんに伝えたかった。

19 ぼくの本がない！

ぼくはまず母さんを相手に、ゼノンの逆説《パラドクス》とはどういうものか説明してみたけど、わかってはもらえなかった。しかも聞いているうちに母さんがイライラしてきて、最後には、「もうやめてちょうだい」と言われてしまった。そこで姉さんに聞いてもらうことにしたけど、ちっともわかってもらえず、「そんな作り話、ばかばかしい」と言われた。そこで今度はローレンス先生に聞いてもらえるかたずねてみたけど、先生はちょっとほほ笑《え》んでから、「先生はえんりょしておくわ。でもきっとすごくいい話でしょうね」と言った。

そこで父さんが夕食を食べ終わるのを待って、聞いてもらうことにした。父さんはいすに座《すわ》ってパイプをふかしていた。部屋に入ると、ぼくはせきばらいし、父さんがこっちを向くのを待った。

「なんだ？」

「あのう、今からする説明を聞いてもらえますか？　ゼノンの逆説《パラドクス》がちゃんとわかっているか、たしかめたいんです」

「父さんに聞いてほしいってことか？」

「ベルさんへの手紙に、『本に書かれていることをちゃんと理解《りかい》できました』って書きたくて。自分ではわかったつもりですが、ちょっとたしかめたいんです」

父さんはパイプを手に腕組《うでぐ》みすると、にっこりほほ笑《え》んだ。

「わかった。じゃあ始めてごらん」

「はい。つまりこういうことなんです。アキレスはすばらしい兵士で、だれよりも足が速かった。あるときアキレスはカメと競走することになった。カメは足は遅《おそ》いけど、ずっと同じスピードで進み続ける。アキレスは自分が勝つに決まっていると思ったから、カメを先にスタートさせることにした。そしてカメがゴール地点まであと半分のところまで来たとき、アキレスもスタートしたんだ。アキレスが、さっきカメがいたところまで来たとき、カメはほんのちょっとだけ先にいた。そこでアキレスもまたその分だけ走ることにした。でもアキレスがそこに着いてみると、カメはまた少し先に進んでいる。

すごく短い距離《きょり》ではあるけど、カメはさっきより先にいるんだ。そこでアキレスはさらにその分を走る。するとまたカメはほんのちょっと進んでいる。そのちょっとの距離《きょり》を、アキレスがまた走る。カメはまた先に進んでいる。こんな調子だから、アキレスが何度追いかけたところで、カメに追いつくことはない。カメは進み続けるし、アキレスはずっとそれを追いかけることになるから。だからアキレスの方が足は速くても、競走に勝つのはカメ。そこのところが逆説《ぎゃくせつ》なんです。つじつまが合わないはずなのに、実《じっ》際《さい》、こうなるから」

そこでぼくは言葉を切って、父さんが何か言うのを待った。話のあいだ、父さんはじっと耳を傾《かたむ》け、ときどきうなずきながら聞いていた。

「よし、わかったぞ。たぶんわかったって意味だが。つまり、こつこつ続けた者が勝つってことだ。しかしなんともふざけた話じゃないか？　ばかばかしいのに、実はちゃんと意味がある。こういうのがおまえのいう逆説《ぎゃくせつ》じゃないのかね？」

「はい」

父さんはいすにもたれパイプを深く吸《す》いこみ、ふうっと煙《けむり》をはき出した。煙越《けむりご》しに父さんを見ると、ベルさんかと思ってしまう。

「もし……、もしおまえにその気があるなら、その手紙をベルさんに送る前に、父さんが一度目を通してやってもいいが」

「そうしてもらえるとうれしいです！　ありがとうございます」

「よし、わかった」

後ろを向いて行こうとしたとき、父さんが言った。

「エディ？」

「なんですか、父さん？」

「父さんは、おまえに農夫は向いていないと思う。もっと合うものがあるだろう」

ぼくはにっこり笑った。ぼくも同じ意見だった。

＊　＊　＊

こんなに一生懸命《いっしょうけんめい》何かに取り組んだのは、ベルさんの手紙がはじめてだった。手紙といっても、行間を広めにとってノートにたかだか二ページほどだったけど、学校が休みに入るまでの毎日、学校へ行っては書き、さらに寝《ね》る前にも手紙に向かった。クリスマスで学校が休みに入ってからも毎日書き続けた。七回書き直し、三回父さんに見せて直してもらった。ところがいよいよ手紙が完成した日、とんでもないことが起きた。気がつくと、ベルさんにもらった本がなくなっていたのだ。

なぜこんなことになったのか見当もつかなかった。いつも肌身離《はだみはな》さず持ち歩いていたし、すごく気をつけていたのに。母さんにも手伝ってもらって家じゅう探《さが》したけど、結局見つからなかった。考えられるのはただ一つ、学校から帰る途中《とちゅう》でどこかに落としてしまい、そのまま雪に埋《う》もれてしまったのだ。ぼくは外へ出かけ、一日かけて丘《おか》じゅうの雪を熊手《くまで》でかいて探《さが》したけど、結局出てこなかった。ぼくはすっかりしょげてしまった。春になったら出てくるかもしれないわ、と母さんが言ってくれた。たしかにそうかもしれないけど、見つかったとしても、本はボロボロになっているだろう。

ところが、それからしばらくたったクリスマス・イヴの日、本は思いがけない形で手元に返ってきたのだった。

その日、ぼくは母さんのおつかいで、マクレアリーさんのところへクリスマス用のお砂糖《さとう》のパイを届《とど》けに行くことになった。パイを抱《かか》え、雪をかき分けながら丘《おか》をずっと下って行く。マクレアリーさん家《ち》の玄関先《げんかんさき》を進み、ドアをノックすると、マクレアリーのおばさんが出て来た。

「まあ、だれかと思ったらおとなりさんじゃないの！　しかもおいしそうなパイを届《とど》けてくださるなんて！」

おばさんがぼくの手からパイを受け取った。

「ねえ、エディ、ちょっと納屋《なや》までひとっ走りして、主人に家の方にもどるよう伝えてくれないかしら？」

「わかりました、おばさん」

ぼくは納屋《なや》の方へ歩いて行った。マクレアリーさん家《ち》の牛はみんな、納屋《なや》の中にいた。納屋《なや》の中はあたたかくて気持ちがよかった。だけど肝心《かんじん》のおじさんの姿《すがた》が見当たらない。そこらじゅう探《さが》したけどいない。そのとき、頭上の干《ほ》し草《くさ》置き場の方から、はあっとおじさんのため息が聞こえた気がした。はしごを上ってみる。すると、いた。おじさんは干《ほ》し草《くさ》の俵《たわら》にこしかけ、ランタンの灯《あか》りをたよりに、何やら手に持ったものをじいっと見つめていた。あれって、ぼくの本じゃないか！

「こんにちは、おじさん！　メリー・クリスマス！」ぼくは大きな声で呼《よ》びかけた。

「え？　な、なんだって？　ああ、メリー・クリスマスか。なんでおまえが、ここにいるんだ？」

「おばさんから、おじさんを呼《よ》んでくるよう言われたんです」

「あいつから？　そうか。よしわかった。じゃあ行くとしよう」

そう言っておきながら、おじさんはまた本に顔をうずめて動こうとしない。どうしよう、なんて言えばいいだろう。ぼくは大きく息を吸《す》った。

「あの……それ、ぼくの本なんです」

おじさんが顔を上げ、じっとぼくの方を見た。なんだか疲《つか》れたような、しかも悲しげな目をしている。ぼくはおじさんが何か言うのを待った。

「おまえの本だと？」

「はい」

おじさんはもう一度本に視線《しせん》を落とした。それからまたぼくの方を見た。

「こいつを、わしに読んでくれないか？」

こんなおかしなことってないだろうけど、ぼくは干《ほ》し草《くさ》に腰《こし》を下ろし、おじさんにゼノンの逆説《パラドクス》の話をした。本を読んだわけじゃない。内容《ないよう》を話して聞かせただけだ。でも物語らしく聞こえるように話したから、おじさんもそのちがいまでは気づかなかっただろう。もし気づいていたとしても、おじさんは何も言わなかった。ただ言葉一つひとつにじっくり聞き入り、ぼくが最後まで話し終えると、おじさんは、「もう一度頼《たの》む。もどる前にさっと読んでくれ」と言った。ぼくは言われたとおりにした。話が終わるとおじさんは立ち上がって顔を上げ、ズボンのサスペンダーをぴしっと引っぱった。

「なんともいい話じゃないか！　こんなちっこい本の中にそんな話が書かれているなんてなあ。だれかに本を読んでもらったのはこれがはじめてだよ」

「そうなんですか？　一度もないんですか？」

おじさんは首をふって答えた。

「一度もない。しかし、おまえさんが読んだら、この小さな本がいきいきして見えたよ。まるで魔法《まほう》みたいじゃないかね？」

「ええ、そう思います」

おじさんは、笑顔《えがお》としかめっ面《つら》がいっしょになったような顔をした。ぼくとおじさんは干《ほ》し草《くさ》置き場から下りた。戸口まで来ると、おじさんはコートを着て帽子《ぼうし》をかぶり、それからぼくを見下ろした。その目はきらきら輝《かがや》いていた。

「わしにも、おまえさんみたいな頭があったら」おじさんはそう言って、帽子《ぼうし》をちょっと上げてみせた。「楽しいクリスマスを、エディ」

「メリー・クリスマス、おじさん」

ぼくはゆっくり散歩を楽しむように丘《おか》を上がって行った。雪が降《ふ》ってきて顔に当たってとけた。これは一晩《ひとばん》じゅう雪になるぞ、そう直感した。朝になったら、何もかもが白い毛布《もうふ》におおわれていることだろう。雪の降《ふ》るクリスマスは大好きだ。

家に入ると、母さんがストーブにかけた鍋《なべ》をのぞいていた。母さんもこういう雪のクリスマスが大好きだ。ぼくが上着をかけブーツをぬいでいると、母さんが笑顔《えがお》を向けた。子どものころの母さんは、クリスマスの日には、きっとすごくうれしそうな笑顔《えがお》を見せていたことだろう。

「本、見つかったのね？」

「マクレアリーのおじさんが持っていたんだ」

「マクレアリーさんが？　拾ったのかしら？」

「うん。自分のものにしたかったんじゃないかな」

「そうね、わかるわ。かわいらしい本ですもの」

ぼくは、くつ下をぬぐと、ストーブの後ろにかけて乾《かわ》かした。それから、はだしのまますトーブのまわりを回って母さんのそばに立ち、かき混《ま》ぜている鍋《なべ》をのぞきこんだ。

家中に肉料理のいいにおいがたちこめている。

「母さんはマクレアリーのおじさんが字を読めないって知ってた？」

「そうなの？　まあ、でも別におどろくことじゃないわ。字を読めない人はたくさんいるから。人は生まれたときから字の読み方を知ってるわけじゃないもの」

母さんはにっこりした。今日の母さんは本当に機嫌《きげん》がいい。

「生まれたときから飛び方を知ってる鳥とはわけがちがうのよ」

母さんが料理をかき混《ま》ぜるのを見つめながら、そのことについて考えてみた。

「ふつうはみんな、字が読めるより飛べる方がいいって思うんじゃないかな」

ぼくは鍋《なべ》から目をそらさず言った。香辛料《こうしんりょう》のにおいが鼻をくすぐる。

「さあ、どうかしら。もし世界じゅうの人に、飛べるようになるのと、読めるようになるの、どっちがいいかってたずねたら、だいたいの人は読む方を選ぶはずよ」

「ぼくなら、飛べる方を選ぶよ」

母さんは木のスプーンを鍋《なべ》の奥《おく》に入れ、肉をすくうとぼくにくれた。しばらく母さんは難《むずか》しい顔をしていたけど、またすぐ笑顔《えがお》にもどった。

「たぶん、あなたのそういうところが問題なのね、エディ」

スプーンをなめながら、言われたことを考えた。ちがう、問題はそんなことじゃない。そりゃ、ぼくだって読めるようになりたい。だけどいつまでたっても、うまくならないんだ。鳥はなんの苦労もなく飛んでるように見えるのに。

20 クリスマスの日

クリスマスの日、教会はたくさんの人でにぎわっていた。クリスマスは教会へ行くのもいやじゃない。きれいに飾《かざ》りつけがされていて、いいにおいがするし、いつもにはない活気がある。みんなが厚着《あつぎ》をしているうえに、席がぎゅうぎゅうづめなので、教会の中はほかほかとしてあたたかく、寒々としているよりずっといい。お説教がいつもにも増《ま》して長く、必死で眠気《ねむけ》をおさえなくてはならなかったけど、べつに平気だった。その後にはちょっとしたパーティが用意されていて、クッキーやケーキ、ジュースが出る。

みんなでおかしをつまみながら、立ち話を楽しむのだ。

ぼくはだいたいいつも、母さんや弟、姉さんといっしょにいるけど、父さんはほかの男の人たちのところへ行って話をする。といってもほんの少しのあいだだけ。それから家族そろって家に帰る。だけど今年はちがった。コートのそでを引っぱられたと思ったら、父さんがはじめてぼくを大人の男の人たちのところへ連れて行ってくれたのだ。弟もいっしょに行こうとしたけど父さんに止められた。ぼくが頭をすっと上げ、弟に笑ってみせたら、弟はブタみたいに顔をしかめた。

男の人たちの輪に近づいてゆくと、一人がベルさんの名前を口にするのが聞こえたので、ぼくは耳をそばだてた。

「氷の上を飛ぶらしいぞ」それを聞いた相手の男の人は、まるで、月に飛んで行く話でもされたかのように、まゆをひそめた。

「まあ、本人が飛ぶわけじゃない。飛ぶのは助手のマカーディの方だ。ベル自身は実際《じっさい》には飛ばさないのさ。頭の中で考えるだけで」

ほかのみんなが笑う。

「空中にうかぶなんて、できるわけがない」別の男の人が言った。自分はよく知ってるんだ、といった口ぶりだ。本当にそうなんだろうか。

「いずれにしてもこの寒さじゃ無理だ」また別の一人が言う。

「寒さは関係ないさ。凧《たこ》とはちがうんだよ、ビル。今話しているのはエンジンやあんな重いものがうかぶのかってことだ。もちろん乗る人間のこともそうだ。なんでも人をのせて運ぶらしいじゃないか」

はじめに話していた男の人が首をふった。「ああ、まったく見てられんよ。地面を離《はな》れるところなんてさ。去年の今ごろ飛ばした、あの大きな凧《たこ》がどうなったか考えてみろ。あれ、見たかい？」

「見た見た。納屋《なや》ぐらい大きな凧《たこ》だったな」

ほかのみんながうなずく。

「落っこちたんだ」

「大きく作れば作るほど、落ちたときの衝撃《しょうげき》も大きくなるってわけだ」

またみんなが笑った。父さんは笑わなかった。

「人一人、死ぬところだった」一人が言った。

「よくわからんが、あの人の発明家としての栄光も、もう過去《かこ》のものなんじゃないかね。ぼくだいな金を実験に捨《す》てているみたいなもんだよ。まあつまりは、あの人の金なんだ。好きにすればいいさ」

「もし人間が空を飛べることになってるなら、羽がついて生まれてくるとは思わんか？」

はじめの男の人が言った。「どう思う、ドナルド？」

みんながいっせいに父さんの方を見た。父さんは口からパイプを取ると、じっと地面を見つめて少しのあいだ考えた。みんなが返事を待つ。

「正直なところわたしにはわからん。だがこれだけははっきりしている。その日は湖まで見に行くつもりだ」

「わたしもだ」

「ああ、見のがすわけにはいかんな」

「たしかに」

家に帰るあいだ、ぼくは父さんにぴったりくっついて歩いた。ぼくも父さんもしばらくだまったままだった。何か話してくれたらいいのに。ぼくはとうとうこらえきれなくなって言った。

「ぼくはきっと飛ぶと思います」

父さんはすぐには返事をしなかった。雪におおわれた畑の方をじっと見つめている。その後父さんが口にしたのは、思いもよらない言葉だった。

「しかし、すごいことだとは思わんか？　実は父さんも、前々からずっと空を飛んでみたいと思っていたんだ」

「ほんと？」

父さんはうなずいたけど、それっきり何も言わなかった。またただまったまま家に向かって歩いた。父さんはひたすら畑の方を見つめていた。父さん、いったい何を考えているんだろう。家に入り、分厚《ぶあつ》い服をすっかりぬいでかべにかけると、母さんと姉さんは急いでクリスマスの食事の支度《したく》を始めた。ぼくは父さんにもう一つどうしても聞いてみたいことがあった。だまっていようと思ったけど、やっぱり気になる。

「父さんは、ベルさんが発明家としてはもう終わったと思いますか？」

父さんはキッチンに立ったまま、ぼくをじっと見つめた。きっと今から応接間《おうせつま》へ行っていすに座《すわ》り、パイプをふかしながら新聞を読んだりして、一人の時間を楽しみたいと思っているはずだ。週に一度教会へ行って人と会って話す、そうした人づきあいは父さんも疲《つか》れるのだ。それでも父さんは、教会で大人の男の人たちを相手にしたときのように、よく考えて答えてくれた。

「父さんはそうは思わない、エディ。なにも発明は若《わか》い人だけがやることじゃない。人というのは興味《きょうみ》さえ失わなければ、年を重ねるほどにかしこくなるものだと思う。もっとも、そういう人に出会ったことは一度もないがね。だがおまえは会っている。父さんよりもおまえの方が、正しい答えを知ってるんじゃないかね」

父さんはそこでいったん言葉を切った。「ところで、手紙は書き終わったのか?」

「はい」ぼくは父さんの答えに感心した。

「じゃあ、持っておいで。封筒《ふうとう》にあて名を書いてやろう。郵便局《ゆうびんきょく》が開いたら、すぐ出しに行こうじゃないか」

「わかりました。ありがとうございます、父さん」

ぼくは手紙を取りに二階へ上がった。姉さんの部屋の前を通りかかると、姉さんは人形にお手製《てせい》のシルクの服を着せているところだった。そのシルクの布《ぬの》は、去年墜落《ついらく》したベルさんの巨大《きょだい》な凧《たこ》に使われていたものだ。凧《たこ》は何千枚《なんぜんまい》もの、なめらかな赤いシルクの布《ぬの》でできていた。凧《たこ》が湖に墜落《ついらく》し、シルクが岸辺に流れ着くと、岸辺にいた人たちはそれを拾って家に持ち帰った。姉さんが人形の服を作ったのは、そのシルクだった。

ぼくは人形をじっと見つめた。一瞬《いっしゅん》、もしかしたら教会の男の人が言ってたことが正しいのでは、という思いが頭をよぎった。もうベルさんは発明をするには年をとりすぎたのだろうか？　お金のかかる失敗をくり返しているだけなのか？　とそのとき、別の思いがうかんだ。ぼくはどっちを信じたいんだ、ベルさんか、それとも教会の男の人たちか？　答えははっきりしていた。

部屋に入るとぼくは手紙に目を通した。紙の上につづられた、ミミズのはったような字を見ていると、何かを生み出すって大変なことだと思った。畑から石を引っこぬくよりずっと大変だ。そんなに難《むずか》しそうには見えないのに、やってみるとこれが難《むずか》しい。マクレアリーのおじさんみたいに、読み書きを知らない人がずいぶんいるのもうなずける。逆《ぎゃく》に、ちゃんとできる人がたくさんいることの方がびっくりだ。窓《まど》ガラスがゆっくり雪におおわれてゆくなか、ぼくは最後にもう一度手紙を読み返した。

親愛なるベルさん
手紙と本をおくってくださり、ありがとうございました。ゆうびんで小包を受け取ったのは、はじめてでした。すごくいい本ですね。はじめは、ゼノンの逆説《パラドクス》がむずかしすぎてよくわかりませんでした。でも今はわかるようになりました。それからアルキメデスのことや、応用数学《おうようすうがく》の法則《ほうそく》のことも勉強になりました。

このあいだ、かっ車を使って、家の畑から大きな石をどけました。

ベルさんやマカーディさんが、このバデックでまた飛行機を飛ばすと聞いて、みんなとてもわくわくしています。

ぼくたち家族も、湖へ見に行くつもりです。なかには、飛ばないだろうと言う人もいますが、ぼくはきっと飛ぶと思います。ヘレンさんもいっしょに見られたらいいですね。まだまだ読み書きは、たいへんですが、ぜったいにあきらめません。この手紙、七回書き直しました。父さんにも手伝ってもらいました。このところ寒くて、あたり一面、雪におおわれています。最後にもう一度、お手紙と、とても素敵《すてき》な本をおくってくださり、ありがとうございました。だいじにします。

心をこめて

エディ・マクドナルド

父さんの書く字とはちがい、流れるようななめらかさはない。ヘレンが書く字のように大きくて伸《の》びのある字ともちがう。その二つのあいだをとったような字だ。これをぜんぶ自分が書いたなんて、なんだか信じられなかった。だけど本当に書いたんだ。ぼくは手紙を下に持って降《お》りると、父さんに手渡《てわた》した。

手紙を受け取ると父さんは「ありがとう」とだけ言った。

クリスマスの夕食には、七面鳥のほか、ジャガイモ、ダンプリング（小麦粉を団子状《だんごじょう》にしたもの）、それにニンジンとカブ、甜菜《ビート》、ラディッシュにエンドウ豆、さらには鶏肉《とりにく》のつめ物やクランベリー・ソース、そしてパンにグレイビーソースが並《なら》んだ。デザートにはりんごのほか、ミンスパイとお砂糖《さとう》のパイが出た。ぼくはお腹《なか》がいっぱいになるまで食べ、ついにはお腹《なか》が痛《いた》くなった。そこで、はうようにして二階に上がると、そのままベッドに倒《たお》れこんだ。窓《まど》に打ちつける雪の音が、まるでバッタがぶつかる音みたいに聞こえる。手紙に書いた言葉たちが頭にうかぶ。どの単語もはっきり思い出せる。とにかく書くのに一生懸命《いっしょうけんめい》で、覚えようと思うより先に頭が覚えていた。それはまさに木の葉、一枚一枚《いちまいいちまい》の形を頭に刻《きざ》むのと同じようなものだった。それも、ほんの小さな一本の木の。その木のまわりには、巨大《きょだい》な森がずっと広がっているのだった。

21　ベルさんが帰って来た！

年が明けた一九〇九年一月。みんな口々に、世界は今までとは見ちがえるぐらい大きく変わるだろうと言っていた。同じようなことを毎年聞かされているような気がするけど。それでも今に、そこらじゅうが自動車だらけになることだろう。フォード社がふつうの人にも買える車を作り始めたからだ。モデルTと呼《よ》ばれる車種《しゃしゅ》で、その車が道をたくさん走るようになったら、もう馬もいらなくなる。なんだか信じられない話だけど。そうなったら今いる馬たちは、みなどうなるんだろう？　うちもモデルTの車を買えるのか父さんに聞いてみたら、ただ笑ってこう言った。

「新聞に書かれていることをぜんぶ鵜呑《うの》みにするな」

そうかあ。でもぼくが新聞なんて読むわけがないんだけど。ぜんぶ人から聞いた話だ。

学校では、なにもかも去年までとだいたい同じ調子だった。算数では分数の勉強が始まった。もうすでに知っている子も何人かいたけど、だいたいの子たちは習うのがはじめてだ。分数とはどういうものかローレンス先生が説明するあいだ、ぼくはじっと教科書の絵を見つめた。それがぼくにとってはいちばん理解《りかい》しやすい方法だからだ。一枚目《いちまいめ》の絵には六等分されたパイが、二枚目《にまいめ》の絵にはそのパイが二切れのっている。そしてその横に、2／6という分数が書いてある。さらに別のもう一枚《いちまい》の絵には、パイが四切れあって4／6と書かれている。そんなに難《むずか》しそうじゃない。二切れに四切れを足したら、ぜんぶで六切れになって、パイ丸ごと一枚《いちまい》と同じになる。これを分数で書くとつまり、2／6＋4／6＝6／6だ。なんてことはない。これが分数というものの正体だ。

数日後、今度はもう少し複雑《ふくざつ》になって、2／6＋3／7のように分母の数字が異《こと》なる分数の足し算をやった。しばらく悩《なや》んだけど、最後には解《と》けた。クラスでいちばん早かった。次にやったのは分数のかけ算だったけど、こっちはもっと簡単《かんたん》だった。ぼくにとって算数は、ゼノンの逆説《パラドクス》と同じでパズルを解《と》くようなものだ。ゲームの感覚に近い。法則《ほうそく》がいちいち変わることはないし、例外ばかりなんてこともない。なるほど、とちゃんと理解《りかい》できる。

だけど、友だちのなかにはよくわかっていない子もいる。ジミー・チザムがそうで、何がなんだかちんぷんかんぷんなのだ。ああでもない、こうでもないと考えては、目を何度も上下させている。顔はどんどん赤くなるし、ほおを今にも破《は》れつしそうなほど大きくふくらませている。あ、答えを書いた、と思ったら消す。また書いて、さらに消す。そのうちジミーは窓《まど》の外をながめ始めた。まるでどこか別の場所へ行けたらなあって感じで。ああ、その気持ち、ぼくもよく知ってる。とうとう先生がぼくに、ジミーの横に座《すわ》って問題を解《と》くのを手伝うよう言ったので、そうした。

算数の次は、朗読《ろうどく》の時間だ。さっきまでのいい気分はどこへやら、今度は友だちを手伝うどころか、授業《じゅぎょう》に参加することさえできない。このところ先生は、ぼくに好きな勉強をさせておいてくれることが多い。使いたいときには左手で書けたし、何を見ていてもよかった。先生は気にしなかった。前に読んでくれていた古代ギリシャの本は終わり、代わりにすごく退屈《たいくつ》な本を読んでいた。先生が大きな声で読んでいても、もう耳にも入らなかった。

それでも読み書きの勉強はそれなりに続けていた。毎日、『ゼノンの逆説《パラドクス》』の本を開き、二、三文を読む。「ゼノンは古代ギリシャの哲学者《てつがくしゃ》で……」だけど実際《じっさい》に字を見て読んでいるわけではなかった。勉強した言葉を覚えているだけだ。何度も何度も頭の中でとなえては紙に書いた。そして毎日、最低一つ新しい文を加えていく。これで少なくともほかのみんなと同じように勉強している気にはなれた。そして実のところ、時間はものすごくかかっても、ぼくはちゃんと言葉をものにしていったのだ。ひょっとしたらいつまでたってもゆっくりとしか進めないかもしれない。だとしてもぼくは続ける。ヘレンはずっと目も耳も不自由なままだけど、途中《とちゅう》でやめたりしない。それなのに、どうしてぼくがやめられる？　あきらめるもんか。

＊　＊　＊

冬にはベルさんがバデックにもどって来る。それにダグラス・マカーディさんも飛行機を湖に運んで飛ばす予定だ。飛行機の名前はシルバー・ダート号。前にベルさんが小屋の中で見せてくれた飛行機だ。これはぜったい見のがせない。ところが、一月が終わっても、だれももどって来なかった。とにかく長いひと月だった。くる日もくる日も、ベルさんたちがもどって来たという知らせを待ったけど、そんなうわさはぜんぜん聞こえてこない。そしてぼくは毎日学校へ行っては分数の勉強をし、あの小さな本を覚え、ついには第一章をまるまる暗記し、そらで言えるまでになった。そして毎日窓《まど》の外をながめては、いつになったらシルバー・ダート号はバデックにやって来るんだろうと考えた。そんな日は一生こないいんじゃないか、そう思い始めてもいた。

そんな二月も終わりに近いある日のこと。あらゆるものが凍《い》てつき、雪も降《ふ》らないほど寒い真冬の朝、学校へ行くと先生がみんなに、今日は特別なお客さまをおむかえしていますと言った。（げっ、またあの視察員《しさついん》か？）この前来たばかりなのに。午前の授業《じゅぎょう》が半分ほど終わったころ、案の定、教室のドアをノックする音がした。みるみる先生の顔が真っ赤になる。先生は身だしなみをととのえだしたかと思うと、みんなに向かってシーッと口に指を当てた。教室が静かになる。先生が歩いて行ってドアを開けると、入って来たのは、なんとベルさんだった。

前に会ったときより顔はもっと赤く、髪《かみ》はさらに白く見える。背《せ》もいつも以上に高く、かっぷくもよく見える。ベルさんは帽子《ぼうし》をぬぐと、先生に向かって軽く会釈《えしゃく》してから握手《あくしゅ》した。ベルさんと並《なら》んで立つと、先生もすごく小さく見える。

「みなさん」先生が口を開いた。少し緊張《きんちょう》している。「今日はとても特別なお客さまがいらしてくださいました。アレクサンダー・グラハム・ベルさんです」

ベルさんは、ハンカチを取り出し鼻をかんだ。

「おはよう、諸君《しょくん》！」

だれも何も言わない。ただ、ぽかんと見つめている。とうとう先生が「みなさん、ごあいさつは？」とうながした。

「ベルさん、おはようございます！」

「たしかこのクラスに友人がいると思ったのだが」

ベルさんはみんなの顔を見渡《みわた》していたが、やがてぼくに目をとめ、ウインクした。

「ああ、いたいた。エディ！　ちょっと前に出て来てくれないか」

ぼくはあの小さな本を手に席を立ち、教室の前まで出て行った。ベルさんが手を差し出した。

「やあ、わが友。それはわたしが送った本だね」

「はい、そうです」ぼくはベルさんの手をにぎった。ベルさんはもう一方の手で、ぼくの肩《かた》をぽんぽんと親しみをこめてたたいた。みんなの強い視線《しせん》を感じたけど、そっちは見なかった。

「読み書きの調子はどうだね？　送ってくれた手紙、本当によく書けていたよ。この本、読んでるのかい？」

ぼくは大きく息を吸《す》った。「はい。わりとうまくいっています。けっこう大変だけど」

ベルさんはにっこり笑ってうなずいた。

「うん、うん、そりゃそうだろう。でも続けているんだな」

「はい。最初の章は暗記しました」

ベルさんのまゆ毛がぴくっと上がり、背筋《せすじ》がすっとのびた。すごくおどろいたような顔だ。

「暗記をしたって？」

「はい」

「ふうむ、ほかのみんなはどうかわからんが、わたしはぜひ聞いてみたい。エディ、みんなに読んで聞かせてくれないか？」

ぼくは先生の方を見た。顔がまだ赤い。先生はぎこちなく笑ってからうなずいた。

「わかりました」と答え、ぼくは読み始めた。第一章はほんの四ページほどの長さだったので、そんなに時間はかからなかった。中身を暗記しているのだから、いちいち字を見る必要はない。でも結局は本を見ながら読むことにした。そうすれば実際《じっさい》に字を読んでいるみたいに見える。見方によっては、本当に読んでいると言えるかもしれない。だけど、もしみんながこの大変な方法で読もうとしたら、丸一冊《さつ》読み終えるのに二、三年はゆうにかかってしまうだろう。その点では、前に弟の言っていたことは正しいとも言える。

読み終えると、ベルさんが拍手《はくしゅ》した。続いてみんなが拍手《はくしゅ》する。先生もしたけど、まるで狐《きつね》につままれたような顔をしている。ぼくがあんまりうまく読むのでびっくりしたのと、もしかしたらぼくが今まで読めないふりをしていたのだと思って、ちょっと怒《おこ》っているのかもしれない。先生には後でちゃんとわけを説明しておこう。

「こいつはおどろいた！　すごいじゃないか！」ベルさんはクラスじゅうを見回して言った。「見事なもんだよ、そうだろ？」

みんなはもう一度拍手《はくしゅ》した。その後ベルさんは、今度の火曜日に湖でシルバー・ダート号を飛ばすことを伝え、みんなにも見に来てほしいとすすめた。それからローレンス先生にお礼を言い、みんなにお別れのあいさつをすると、ぼくの肩《かた》をぽんとたたきウインクしてから教室を出て行った。ぼくは自分の席にもどった。なんだか背《せ》が三メートルにのびたような気分だった。

22　父さんはどこ？

シルバー・ダート号が本当に飛ぶと思っている人はほとんどいなかったけど、それでもバデックじゅうの人々が湖まで見に行くつもりでいた。先生がその日の授業《じゅぎょう》を休みにしたので、みんな見に行けることになった。ぼくはすごくわくわくした。ついに父さんがベルさんに会える、そのことがとくにうれしかった。父さんは、「バデックの男連中の中でベルさんに一度も会ったことがないのは、このわたしぐらいだな」と冗談《じょうだん》交《ま》じりに言った。父さんも、遠くからベルさんの姿《すがた》を見かけたことは何度かあったけど、実際《じっさい》に間近《まぢか》で会ったり握手《あくしゅ》をかわしたことはまだ一度もなかった。いつだって何かしら問題が起きて、会える機会を逃《のが》してきたのだ。まあでも、今回はだいじょうぶだ。

シルバー・ダート号が飛ぶのは午後の予定だったけど、昼近くにはもう人々が湖の上に集まり始めていた。父さんは朝早いうちに、森に木を切りに出かけた。昼までにはもどるから、みんなでいっしょに湖へ出かけようと言って。父さんの話だと、飛行機が実《じっ》際《さい》に飛ぶまでにはけっこうな時間がかかるものらしい。なんでも早目がいいと思っている父さんも、そもそも飛ぶのかすらわからないものを見るために、一日じゅうつっ立って待つのもどうかと思ったのだ。

「ベルさんが世界でいちばんかしこい人だということは父さんも知っている。だが機械が人を乗せて空を飛べるものなのか、実際《じっさい》に見てみないことには、信じきるわけにもいかんのだよ」

父さんはそう言った。巨大《きょだい》な凧《たこ》が墜落《ついらく》したときのことを父さんは覚えているのだ。実《じっ》際《さい》に見ていたわけではなかったけど、よく日、湖へ出かけたとき、凧《たこ》の赤い切《き》れ端《はし》が岸辺に打ち上げられているのを目にしていた。ベルさんは不可能《ふかのう》なことをやろうとしている、多くの人がそう思っていた。

午前中かけて母さんは、湖で食べるお弁当《べんとう》を作った。それからみんなでいちばんあたたかい服を準備《じゅんび》して外に出ると、そりに毛布《もうふ》と毛皮をのせた。後ろにそりを引きながら、みんなで雪の中を歩くのだ。弟と姉さん、それにぼくはスケートぐつを持って行くことにした。

ところが昼になっても、父さんがもどらない。ずいぶん待ったところで、母さんがしびれを切らし始めた。

「ああ、まったく父さんときたら。ベルさんに会ったことがないとか文句《もんく》を言っておきながら、ようやく会えるとなったら帰って来ないいんだから。ああ、まったく！」

ぼくらはもう少し待った。すでに防寒着《ぼうかんぎ》まで着こみ、汗《あせ》をかきながらキッチンに座《すわ》っていた。みんな口を閉《と》ざしたままで、まるで家に人気《ひとけ》がないみたいに、時計のコチコチという音だけが耳に響《ひび》いた。

「さ、もう十分よ！」

ついに母さんが口を開いた。

「出かけましょう。父さんは、家にもどってから追いかけて来ればいいんだし。今出発しなかったら、ぜんぶが見られなくなってしまうわ」

こんなに興奮《こうふん》した母さんを見て、ぼくはびっくりした。

そこでぼくらは出発し、丘《おか》を下り始めた。ぼくと弟がそりを引き、母さんと姉さんがその前を歩く。ぼくはしょっちゅう後ろをふり返っては、父さんが来ていないかたしかめたけど、父さんの姿《すがた》はなかった。手前の丘《おか》を一つ下り切ったところで、丘《おか》の上をさっと風が吹《ふ》き渡《わた》り、草地に積もった粉雪が巻《ま》き上《あ》げられて家が見えなくなってしまった。ぼくは父さんがいっしょにいないことが気になってしかたがなかった。まるで父さんを見捨《みす》ててしまったような気分だ。早いところ湖に行って、始めからぜんぶ見たいのはやまやまだけど、父さんぬきで行く気にはなれない。ぼくは足を止めた。

「ぼく、もどって父さんを探《さが》してくる」

母さんが足を止めてふり返った。

「来ないかもしれないわよ。父さんのことだから」

「わかってる。でもたぶんもう途中《とちゅう》まで来てると思う。後から二人で追いかけるよ」

母さんはきびしい顔つきでぼくを見た。

「いい、エディ。もどればイギリス帝国《ていこく》(註)ではじめて飛ぶ飛行機を見のがしてしまうのよ」

母さんは本当にそうなると信じこんでいる。そこが母さんと父さんのちがうところだ。父さんは実際《じっさい》に目にするまでは信じない。母さんはちがう。

「見のがしたりしないよ。ちゃんと追いつくから」

註《ちゅう》　イギリス帝国《ていこく》(大英帝国《ていこく》)……植民地などの海外領土《りょうど》を加えたイギリスの呼《よ》び名《な》。この時代のカナダはまだイギリスから完全に独立《どくりつ》はしていなかった。

本当にそう思った。

「エミリー、ジョーイといっしょにそりを引いてちょうだい」

母さんが姉さんに言った。

ぼくは来た道をもどり始めた。

「馬が通ったあとをたどって森に行くよ。だいじょうぶ、ちゃんと間に合うさ」

母さんは顔をしかめてから、くるっと背《せ》を向け歩きだした。弟と姉さんがその後に続く。ぼくはできるだけ早く丘《おか》を上った。今ごろになって、もしかしたら飛ぶところを見られないのでは、と不安になってきた。

馬が通ったあとはすぐにわかった。空はすみ渡《わた》り、雪の上にうつる影《かげ》も明るい青色に見える。そりを引いたあとが、二本の青い線になって森の中へと続いていた。積もった雪がバリバリに凍《こお》り、歩きやすくて助かった。一歩進むごとに足が沈《しず》みこんでいては、森をぬけるのにおそろしく時間がかかるし、体もくたびれてしまう。

森の近くまで来ると石が見えた。以前、畑からどけた石だ。まるで森の入り口を守る番兵みたいだ。てっぺんに雪が積もっている。石の前を通りながら、今にも向こうから薪《まき》を積んだそりと馬を引いて、父さんがやって来るんじゃないかと期待した。でも父さんの姿《すがた》は見えない。父さんがシルバー・ダート号のことを忘《わす》れるはずがない。ひょっとしたら、時間の感覚がおかしくなってわからないのかも。しばらくたったとき、木におのを打ちこむ音を聞いた気がした。でも森の中は静まりかえっている。聞こえてくる音といえば、ぼくがざくざく雪をふみしめる音と、息を吐《は》くはあはあという音ぐらいだ。

父さん、ずいぶん奥《おく》まで行ったんだなあ。このぶんだと飛行機が飛ぶところを見られないんじゃ……ぼくは本気で心配になってきた。もう一度立ち止まり、息をころして、おのの音が聞こえないか耳をすませた。でもあたりはしいんとしている。おかしい。父さんがそんな遠くまで行くはずがない。とそのとき、小さなくぼみのところに、馬たちの姿《すがた》が見えた。二頭ともそりにつながれ、じっとたたずんでいる。そりには薪《まき》も積んでなければ、父さんの姿《すがた》も見えない。父さんはいったいどこなんだ?

「父さん、父さん?」

声が木々のあいだを木霊《こだま》する。そのとき、何かくぐもったような声が聞こえた気がした。声は、地面に倒《たお》れている木の下から聞こえたようだった。木に近づくと、父さんのブーツがつき出ているのが見えた。父さんが木の下にいる!

ぼくは急いで木の向こう側にまわった。父さんは雪の中に埋《う》もれ、上には木がおおいかぶさっていた。

「父さん！　けがはしてない？」

父さんがゆっくり頭を動かし、こっちを見た。何か言ったけど、声には元気がなく、ふるえている。

「エディか。よかった。身動きがとれないんだ。木が逆向《ぎゃく》きに倒《たお》れちまって。あせっていて、切りこみ方をまちがえたんだ。湖に行く時間に間に合わせたくて……」

父さんの顔が痛《いた》みにゆがむ。ぼくは父さんのそばへ行き、ひざまずいた。

「父さん、だいじょうぶ？　ぼく、引っぱり出そうか？」

「たぶん、だいじょうぶだ。胸《むね》と両足が痛《いた》むが。下じきになって動けないだけだ。あと寒気もする。ひょっとすると腕《うで》を折ったかもしれんな。木に当たってそのまま倒《たお》れこんでしまったんだ。だけど幸い木はあそこの丸太にひっかかったから、つぶされずにすんだ」

そう言うと、その丸太を頭で指した。

「ただもし、あの丸太が割《わ》れちまったら……いや、そんなことはない」

「ぼく、どうしたらいいの？　助けを呼《よ》んでこようか？」

父さんは笑ってみせたと思ったら、痛《いた》そうに顔をしかめた。

「みんな湖へ行っちまってるさ。湖はここからずいぶん遠いし、おまえがもどって来るまでに凍《こご》え死《じ》んでしまうだろうよ」

「ぼくが地面を掘《ほ》るっていうのはどう？」

「無理だな。この下は石だらけだし、おまけに凍《こお》っている。おまえが掘《ほ》るのは無理だ」

「その木を切るのは？」

「いいか、おまえの力ではこの木を切るのに丸一日かかってしまう。それに切ってるうちに、あそこの丸太がその振動《しんどう》で割《わ》れたりしたら、それこそ一巻《いっかん》の終わりだ」

「じゃあ、どうしたらいい？　何をしたらいいか言って」

ぼくは心配でたまらなくなった。

「マクレアリーさんも湖に行ったのか？」

「わからないや」

「あの人なら力になってくれそうなんだが。とてつもなく力持ちだからな」

ぼくは木の下で身動きのとれない父さんをじっと見つめながら、今自分にできるいちばん賢明《けんめい》なことは何か、必死で考えた。ぼくは上着と帽子《ぼうし》を脱《ぬ》いだ。

「エディ、何をするつもりだ？　ちゃんと帽子《ぼうし》をかぶれ。上着も着るんだ」

ぼくはかがむと、帽子《ぼうし》を父さんの頭にかぶせた。

「帽子《ぼうし》が必要なのは父さんだ」

それから上着を父さんの肩《かた》に巻《ま》きつけると、そでのところを首の前で結んで顔が温まるようにした。

「エディ？」

「できるだけ急いで家にもどって、マクレアリーさんのところへ行ってくるよ。すぐもどるからね。助けを呼《よ》んでくるよ」

「エディ？」

「ちょっと待ってて。全速力で行ってくるから」

父さんは、頭を地面に下ろしうなずいた。ぼくは雪のなかを全速力でかけ出した。馬が通ったあとをたどってマクレアリーさんの農場へ向かう。この雪では、馬に乗ったとしても、森をぬけるにはやっぱり時間がかかっただろう。雪のなかを走るのは楽じゃない。息切れがしたけど、寒さは感じなかった。家にはだれもいないとわかっていたので、わざわざ立《た》ち寄《よ》ることはしなかった。そのまま丘《おか》をかけ下りて、マクレアリーさんの農場へ向かった。どうぞおじさんが家にいてくれますように、ぼくはひたすら祈《いの》った。

家の方にはだれもいなかったので、納屋《なや》の中へかけこんだ。

「マクレアリーさん？　いますか、おじさん？」

返事がない。急にがっくりきた。森で父さんが木の下じきになってるってときに、ぼくしかいないなんて。湖まで行けばみんないるけど、時間をかけて呼《よ》びに行ったとしても、もどるころには父さんは凍《こご》え死《じ》んでしまう。こうなったら、ぼく一人で父さんを助けるしかない。でもどうやって？　たった一つ思いついた方法は、倒《たお》れた木を持ち上げてどけることだった。しかもそれならやり方も知っている。

ぼくは、マクレアリーさん家《ち》の納屋《なや》にかけこんだ。ロープとかっ車を引っぱってゆかに下ろすと、そりを探《さが》しに外へ走り出た。そりは、納屋《なや》の外に立てかけてあった。ぼくはロープとかっ車をつかんで、そりに投げ入れると、そりを引いて丘《おか》を上がって行った。この方が手に持って運ぶよりずっと楽だ。次に、家にもどって急いで中に入ると、父さんがいつも礼拝《れいはい》に着て行く、ずっしりと重い冬用コートをつかみ、続いてロープとかっ車、それにチェーンを納屋《なや》から持って出た。それらをそりに投げこむと、森へともどって行った。まだ昼間だったけど、すでに夕暮《ゆうぐ》れの気配を感じた。今ごろ飛行機は、もうとっくに飛んでしまったか、ちょうど飛んでいるところだろう。でもかまわなかった。

もどってみると、父さんのふるえはさらにひどくなっていた。くちびるが青い。眠《ねむ》たそうな目をし、声もかぼそかった。

「父さん！　父さん！」ぼくは持って来た上着を、父さんの背中《せなか》のできるだけ奥《おく》の方まで押《お》しこんでから肩《かた》の方に回し、頭まで引っぱり上げた。父さんが視線《しせん》を上げこっちを見たが、ぼくがだれなのかもわかっていないようすだ。

「エディか……」

「これからぼくが木をどかすからね。そしたら引っぱり出してあげる。もうちょっとのしんぼうだよ、父さん。もうちょっとだから」

ぼくは倒《たお》れた木の先にチェーンを回した。それからその木から近い、いちばんじょうぶそうな木に登り、かっ車を二つ結びつけた。だいたい地上から四、五メートルの高さに取りつける。それから木をもう四本選び、それぞれにできるだけすばやくかっ車を取りつけた。これで二本のロープにそれぞれ三つのかっ車が通ることになる。この前石をどかしたときほど距離《きょり》が離《はな》れていなかったので、ロープは二本で足りた。ぼくはもう一度木に登って、はじめに取りつけた二つのかっ車にそれぞれロープを通した。そうして木から下りると、その二本のロープの先を倒《たお》れた木のチェーンに結びつけ、反対側の先をそれぞれ残りのかっ車に通した。次に、そりから馬を外して連れて来ると、馬具にロープを結びつけた。これで準備《じゅんび》はできた。最後にもう一度父さんのようすをたしかめた。何か言おうとしているけど、ふるえがひどすぎて、何を言っているのかわからない。

「エディ……」

「今、木を持ち上げるからね、父さん」

ぼくは木々のあいだをかけ回って最後の確認《かくにん》をすると、馬の手綱《たづな》を手に取り、ぐいっとたぐり寄《よ》せた。馬たちが前に進み出る。すると倒木《とうぼく》は、まるでつまようじのように軽々と持ち上がった。ぼくはすばやく手綱《たづな》を近くの木にくくりつけた。馬たちがバックしたときに倒木《とうぼく》が下がらないようにするためだ。それから父さんのところにかけもどった。

父さんを引っぱり出してそりに乗せるまでが、いちばん大変な作業だった。父さんはひどく弱っていて自分の足で立つことすらできなかった。しかもすっかり凍《こご》えきって、頭がうまく回らないため、次に何をどうするか、ぼくがいちいち指示《しじ》することになった。なんともおかしな気分だった。足を動かすタイミングから、腕《うで》をどこに置くかといったことまで、ぼくが父さんに教えるのだ。そりに父さんを乗せてしまうと、ぼくは木にくくっておいた手綱《たづな》をほどいて馬をバックさせ、倒木《とうぼく》を地面に下ろした。それからそりに馬をつなぎ、森の外まで引かせた。かっ車とロープはそのままにしておいた。後で取りにもどればいいだろう。

馬を引いて畑を横切っていたら、それを見た母さんがかけ寄《よ》って来た。母さんは、その上に身動きもせず横たわっている父さんを見ると、さけび声をあげ、泣きだした。それを見た姉さんと弟もあわててかけて来た。ぼくら四人は力を合わせ、父さんを家に入れた。それから母さんは、姉さんとぼくにお医者さんを呼《よ》びに行かせた。ようやく家にもどったのはだいぶ日も暮《く》れてからで、父さんは眠《ねむ》りかけていた。お医者さんが父さんを診察《しんさつ》しているあいだ、母さんがぼくに夕食を出してくれた。テーブルについたとき、ぼくは体じゅうくたくたで腹《はら》ぺこだった。

「父さんはちゃんとよくなるって、お医者さまがおっしゃってたわ」

母さんが言った。

弟と姉さんはもう食事をすませていたけど、いっしょに席についていた。

「シルバー・ダート号が飛ぶところを見られなくて残念だったね」弟が言った。

「ああ、そうだな」

「すごかったよ。ぼく、大人になったらダグラス・マカーディみたいなパイロットになるんだ」

「ベルさんに会ったわ。あんたが言ってたとおり、すごくいい人だった」姉さんが言った。

「そうさ」

「シルバー・ダート号、お兄ちゃんが見られなくて本当に残念だよ」弟がまた言った。

「まあ、何もかもうまくというわけにはいかないさ。とりあえず、うまくできたことを喜ぶことにするよ」ぼくは食べながらそう言った。

「何それ？」弟はきょとんとした。

「気にしなくていいよ。おまえがもう少し大きくなったときに話してやるよ」

23　似《に》た者《もの》同士

父さんは片腕《かたうで》と、ろっ骨《こつ》を三本折ったうえ、お腹《なか》を打ぼくし、両脚《りょうあし》にひどいあざができていた。お医者さんのチザム先生には、数週間休めばよくなると言われたけど、それまでのあいだ父さんはずっとベッドから動けず、チキンスープをいやというほど食べることになった。あのときぼくが父さんを見つけていて幸いだったと先生は言った。父さんは低体温症《ていたいおんしょう》にもかかっていて、もしあれ以上森の中にいたら命はなかったとのことだった。もしあのときぼくが湖にシルバー・ダート号を見に行っていたら、父さんは凍《こご》え死《じ》んでしまっていただろう。

母さんはかいがいしく父さんの世話をした。父さんの体を少しでも楽にしてあげられそうなものを、家中走り回っては探《さが》した。そしてぼくにはこう言った。

「ああ、あなたがかしこい子で本当によかった。じゃなかったら今ごろ父さんは……」

そこまで言うと、また、なみだぐむのだった。

次の日、ぼくは父さんのそばにつきそっていた。父さんはほほ笑《え》みながら、体はずいぶん温まったけど痛《いた》みがまだひどいと言った。そして、あんな大木を切るんだから、あわてずもっと慎重《しんちょう》に判断《はんだん》すればよかったとも。「おまえのとった行動ときたら一人前の大人みたいだったぞ。かしこい判断《はんだん》だったし、機転のきいた勇気ある行動だったな」そう言って、ぼくをほめた。おまえをほこりに思う、父さんにそう言われ、ぼくはものすごくうれしくなった。父さんは、シルバー・ダート号が飛ぶところを見に行けなかったのは残念だったと言ってから、「またベルさんに会える機会を逃《のが》すとはな」と笑った。

ぼくも残念だと答えた。

しばらくして、一階から声が聞こえた。母さんがだれかにあいさつをしている。父さんのおみまいに来た人だ。声からすると、マクレアリーさんかな。ドスンドスンと階段《かいだん》を上がってくる音、やっぱりマクレアリーさんだ。ところが開いたドアから、ぬっと現《あらわ》れたのは、とびっきり親しげな顔でにこやかに笑っているベルさんだったのだ。

「エディ！」ベルさんが手を差し出した。

ぼくはベッドから飛び下り、ドアまで行ってベルさんの手をにぎった。

「こんにちは、ベルさん」

ベルさんはベッドの上の父さんを見ると顔をくもらせ、ベッドへ近寄《ちかよ》った。

「事故《じこ》にあわれたとか。早くよくなるといいですな」

父さんは体を起こそうとしたが、体がうずいて起き上がれない。

「どうか、そのままで……」

そう言って、ベルさんはベッドのそばまでやって来た。

「ベルさん、ぼくの父です」

父さんが差し出した手を、ベルさんがにぎり返す。

「お会いできてうれしいですよ、マクドナルドさん。すばらしい息子《むすこ》さんをお持ちですな。才気あふれる若者《わかもの》だ。うちでやといたいぐらいです」

ベルさんはぼくにウインクしてみせた。父さんはぱっと笑顔《えがお》になり、目を輝《かがや》かせた。

「わたしこそ、お会いできてとてもうれしいです。あなたさまを、わが家にむかえることができてとても光栄です」

父さんがだれかのことを「あなたさま」と言うのを聞いたのは、後にも先にもこのときだけだ。

「いやあ、昨日《きのう》湖でエディの姿《すがた》が見えなかったので、これは何かあったなと思いましてね。自分の目でたしかめなくては、というわけで来てみたんです」

「飛行機が飛ぶところを見られなくて、大変残念でした」

父さんが言った。

「ぼくもです」

「ああ、そりゃもうすばらしい飛びっぷりだったよ。シルバー・ダート号は、まさに湖上を舞《ま》うワシそのものだね。でも心配することはない。今日の午後にもまた飛ぶことになっているし、明日《あす》も、その先も、何度だって飛ぶことになるだろう。ダグラスがその気になればの話だが。ま、あいつならきっと……、おっとそれで思い出した。そろそろ湖にもどらないと、ダグラスのやつ、わたしぬきで飛び立ってしまうぞ」

「ベルさんも飛行機に乗るんですか？」

それを聞いたベルさんは、ギョッとしたような顔をした。と思ったら、とつぜん声をあげて笑いだした。

「なんだって？　このわたしが？　わっはっはっは！　そりゃあ無理だろう！　わたしなんか乗せてみろ、飛行機はいつまでたっても上に持ち上がらんよ！」

そして、お腹《なか》をぽんとたたいた。ぼくは思わず笑ってしまった。ベルさんは、その気になると、人を笑わすのがとてもうまい。それからベルさんは父さんの方に体を寄《よ》せると、まじめな顔つきにもどった。

「さあ、もうゆっくりお休みください」

父さんはうなずき、笑顔《えがお》を返した。「そうさせていただきます。わざわざ家までいらしていただき、本当にありがとうございました」

「おやすいことです」とベルさんが答えた。そして時計を取り出すと、目を細めて時間を見て、もうおいとましなければと言った。それから手を挙げ、まるで畑をはさんであいさつするみたいに大きく手をふると、部屋を出て行った。ぼくはベルさんの後について階段《かいだん》を下りた。キッチンでは母さんが、温かい笑顔《えがお》をうかべて立っていた。

「お茶でもいかがですか、ベルさん？」

「ああ奥《おく》さん、ごちそうになりたいのは、やまやまなのですが、今から湖に行かなくてはならんのです。でないと、シルバー・ダート号の二度目の飛行を見のがしてしまうことになりますし、そいつはちょっと困《こま》るので」

「どうぞ、お気になさらず。今日はご親切にいらしていただき、ありがとうございました」

「そうしたかっただけです」

ベルさんは母さんに軽く会釈《えしゃく》してからコートと帽子《ぼうし》を身につけ外へ出た。ぼくも後に続いた。

外には、男の人が一人と、そりにつながれた馬たちが待っていた。ベルさんはぼくの肩《かた》を軽くたたいてから、そりに乗りこんだ。

「あの本、すごくよく読めていたぞ」

ぼくは大きく息を吸《す》った。

「あれ、本当に読んでいたわけじゃないんです。暗記しただけで。あまり読めないのは、今も変わってません」

ベルさんは、パイプを取り出すと火をつけた。考えている。しばらくしてパイプをふかすと、煙越《けむりご》しに目を細めてぼくを見た。

「なあエディ、きみとわたしは似《に》た者《もの》同士だ。きみは読み書き、わたしは発明。世間がよってたかって無理だと言ったところで、われわれは、さらにがんばるのみだ！　がんばった結果がなかなか出ないこともあるかもしれない。このまま一生うまくいかないんじゃないかと思うことだってあるだろう。だがね、夜の後には朝が続いているように、必ずそのときはやって来る。だから、ぜったいにあきらめたりしない。きみはわたしにすばらしい手紙を書いてくれた。それに、みんなの前であんな見事な発表だってできた。できたことを喜ばなくてはな」

そりがすべり出した。ベルさんが手をふる。

「できたことを喜ぶんだ、いいね！」

「そうします！　さよなら、ベルさん！」

エピローグ

氷の上のシルバー・ダート号が、すさまじいエンジン音をとどろかせる。まるで見たこともないような大きな怪物《かいぶつ》がうなっているみたいだ。飛行機がこんなにうるさいなんて、思ってもみなかった。まわりの音が何も聞こえない。まるで世界に向かって、これから何もかもが変わるぞって宣言《せんげん》しているみたいだ。この光景を目にし、この音を聞いていると、本当に変わるような気がしてくる。

飛行機には、ダグラス・マカーディさんが緊張《きんちょう》した面持《おもも》ちで乗っている。きっとこの寒さも感じてない。ベルさんは奥《おく》さんのミセス・ベルと並《なら》んでそりに座《すわ》り、毛皮にくるまっている。ベルさんの顔にはぼくが見たこともないような難《むずか》しい表情《ひょうじょう》がうかんでいる。そのとき、ベルさんが手をふった。マカーディさんがふり返す。すると、それまで飛行機を押《お》さえていた男の人たちが、まるで野生の馬をとき放つように飛行機から手を離《はな》し、車輪が回り出した。速度が上がり、まるで機体に意思があるかのように、飛行機は姿勢《しせい》を正し、氷の上を走りだした。このまま湖の向こうまで走りぬけてしまうのでは、一瞬《いっしゅん》そんな考えが頭をよぎる。それはそれで見物《みもの》だろう。だけど次の瞬間《しゅんかん》、飛行機がぱっと空中に飛び出した。重さも感じさせず、ふわりとうかぶ。飛行機は、どんどん高度を上げ、スピードを速めてゆく。氷の上が喜びにわく。飛行機はベイン・バリーまで飛ぶと、空中で旋回《せんかい》し、こちらへもどって来た。夢《ゆめ》みたいだ。頭上を過《よ》ぎるとき、飛行機からマカーディさんの手が出て下に手をふった。ぼくもふり返した。マカーディさんはそのまま飛んでゆき、ついには見えなくなった。ぼくはその姿《すがた》が空の向こうに消えてしまうまで、目をそらさずじっと見守った。まばたきすらしなかった。一瞬《いっしゅん》のうちにあんなに遠くまで行けることが、なんだか信じられなかった。

しばらくたって飛行機がもどって来た。遠くからこちらへ向かって音が近づいてくる。はじめは蚊《か》の鳴くような、かすかな音だったのに、どんどん大きくなり、ついには歓声《かんせい》も聞こえないほどの大音量になった。体じゅうが興奮《こうふん》にふるえ、ぞくぞくした。こんなすごいものを見たのは、生まれてはじめてだった。

その夜ベッドに入る前、ぼくは机《つくえ》に向かった。机《つくえ》には父さんの辞書とえんぴつ、それに紙が置かれている。ぼくは、ゆっくりとていねいに、言葉をつづっていった。

親愛なるミス・ケラー

今日、ぼくはシルバー・ダート号が飛ぶところを見ました。これまで見たもののなかでも、最高にすばらしかったです。そのときのことを、今からお伝えしようと思います……

訳者《やくしゃ》あとがき

エディと発明王ベルの友情《ゆうじょう》の物語、いかがでしたか。この物語に登場するベルさんは電話の発明家として大変有名ですが、耳の不自由な人々のために尽力《じんりょく》したことでも知られ、ヘレン・ケラーにサリバン先生を引き合わせたのも彼《かれ》でした。ちなみに日本で「耳の日」とされている三月三日はベルさんの誕生日《たんじょうび》で、またサリバン先生がヘレン・ケラーに指《し》導《どう》を始めた日でもあります。日本語は、ベルさんの電話機で最初に話された外国語と言われていますが、今回この作品の最初の翻訳版《ほんやくばん》が日本語というのも、なにか不思議なご縁《えん》のように感じます。人はそれぞれ違《ちが》うからこそすばらしい――そんな温かい想《おも》いのこもった作品を、今回みなさまにご紹介でき、訳者《やくしゃ》として嬉《うれ》しいかぎりです。

最後になりましたが、この本の出版《しゅっぱん》にあたり、多くの方々にお力添《ちからぞ》えをいただきました。出版《しゅっぱん》に至《いた》るまで懇切《こんせつ》に導《みちび》いてくださった編集者《へんしゅうしゃ》の山口毅さん、北原優さん、装幀家《そうていか》のこやまたかこさん、装画家《そうがか》の吉實恵《よしざねめぐみ》さん、そして訳者《やくしゃ》の疑問点《ぎもんてん》に素敵《すてき》な絵も交え親切にお答えくださった作者のロイ氏とその娘《むすめ》さんに、心より感謝《かんしゃ》申し上げます。

櫛田理絵《くしだりえ》

〈著者略歴〉
フィリップ・ロイ（Philip Roy）
この物語の舞台バデックがあるノバスコシア州（カナダ）出身の児童文学作家。執筆のかたわら、カナダ各地の学校を年間100校以上訪れては物語の楽しさを伝えている。また本書の出版に先立ち、ベル氏のひ孫夫妻の招きでベイン・バリーを訪れ親交を深めた。本書以外の作品に、海が舞台の冒険物語シリーズ「The Submarine Outlaw Series（SOS）」、絵本「Happy the Pocket Mouse」シリーズ、ＹＡ向け歴史小説『Blood Brothers in Louisbourg』などがある。本書は、カナダ図書館協会ブック・オブ・ザ・イヤーをはじめ複数の文学賞にノミネートされた。

〈訳者略歴〉
櫛田理絵（くしだ・りえ）
滋賀県生まれ。早稲田大学法学部卒業。鉄道会社勤務の後、子育てのかたわら翻訳を学ぶ。共訳に『韓国・朝鮮の知を読む』（クオン）のほか、電子書籍の訳書がある。日本出版クラブ「洋書の森」会員。東京都在住。

［装幀］
こやまたかこ

［絵］
吉實　恵

［協力］
特定非営利活動法人EDGE／藤堂栄子

＊この物語は、史実を考慮《こうりょ》して書かれたフィクションです。

＊主人公のエディは、記号である文字と音を結びつけるのが困難《こんなん》な状態《じょうたい》（ディスレクシアという学習障害《しょうがい》）でした。この時代は、まだ左利《ひだりき》きなどの個人《こじん》の特性《とくせい》やディスレクシアへの理解《りかい》がありませんでしたが、今でも文字の読み書きで苦しんでいる人たちがいることを知っていただく機会になれば幸いです。

ぼくとベルさん
友だちは発明王

2017年2月7日　第1版第1刷発行
2018年6月18日　第1版第5刷発行

著　者　フィリップ・ロイ
訳　者　櫛田理絵
発行者　瀬津要
発行所　株式会社ＰＨＰ研究所
東京本部　〒135-8137　江東区豊洲5-6-52
児童書出版部　☎03-3520-9635（編集）
児童書普及部　☎03-3520-9634（販売）
京都本部　〒601-8411　京都市南区西九条北ノ内町11
PHP INTERFACE　https://www.php.co.jp/

制作協力
組　版　株式会社PHPエディターズ・グループ
印刷所
製本所　図書印刷株式会社

ISBN978-4-569-78623-0

222P　20cm　NDC933